你的謎底，我的謎題

YOUR OWN QUIZ

小川哲 SATOSHI OGAWA —— 著
葉廷昭 —— 譯

四周盡是耀眼的白光，我的下半身失去知覺，整個人飄飄然的。一定是長時間參加現場直播，情緒在緊繃和弛緩之間擺盪的關係吧。說到緊繃和弛緩，「緊繃的弛緩」是日本相聲界的一大重要理論，也是搞笑藝人奉爲圭臬的基本技巧。請問，提出這個理論的關西相聲名家是——我在腦海裡按下搶答按鈕，答案是「桂枝雀」。我的思緒很容易被益智問答占據，當我認眞思考一件事情時，往往會在無意間想起益智問答。

我抬頭張望四周，現場的燈光好刺眼，攝影棚內上百位觀眾的表情我都看不清楚。我只看得到一旁的競爭對手本庄絆的側臉，那高挺的鼻梁滲出了汗珠。我閉上眼睛集中精神，不再去感受本庄絆的氣息。主持節目的搞笑藝人和女星，觀眾席上的父母和兄長，還有在電視機前收看直播的好友，也不在我的意識世界。我就只是待在純白的光芒裡，面對眼前的益智問答。這種極爲專注的狀態，每隔幾年會出現一、兩次。很類似運動選手的「極限狀態」吧。說到運動選手，哪一位棒球選手曾在讀賣巨人擔任球員和總教練，並且擁有「打擊之神」的稱號，還說出家喻戶曉的名言「球在我眼中像是靜止的一樣」——答案是「川上哲治」。

現在我的腦袋異常清晰，我也很想學那位球員說，益智問答難不倒我。

我伸出右手，各種題目如同霧氣一般，從掌心消散。新的題目憑空浮現，沒多久又再次消散。過去我接觸到的所有題目，以及未來會接觸到的題目，都漂浮在我身旁。

這裡是六本木攝影棚的參賽席，而我是第一屆《Q1益智問答大賽》的決賽選手。再來要出第十五題了，題目爲短文形式，先搶下七題者獲勝，我已經答對六題。至於我的對手本庄絆，才答對五題。換句話說，我再答對一題，就是《Q1益智問答大賽》的冠軍。獎金一千萬元——我這輩子沒看過那麼多錢，這筆錢應該足以改變我的人生吧。

這一天，也是我益智問答生涯當中狀況最好的一天。搶答的關鍵時機都有掌握到，不擅長的題目類型也答對了好幾題。而且，在決賽壓力中我很享受解題的樂趣，絲毫不緊張。我很少有這麼快樂的答題經驗。

我自認穩操勝算。當然，本庄絆有多厲害我也很清楚。應該說，我在這場決賽才了解他眞正的實力。憑良心講，我以前太小看他了。我以爲他只是很會背字典的電視明星，根本不懂益智問答。但事實完全不是如此，經歷剛才的一輪搶答，我終於明白，他確實有深入鑽研這門競技。我簡直無法想像，他在這麼短的時間內付出了多大的努力。

可是，我依然相信，不管碰到任何題目，我都會比他更快想出答案。我幾乎每天都在鑽研益智問答，已經玩了十年以上。臨陣磨槍的技術贏不了我，只要雙方比的是益智問答，我就有必勝的自信。我不斷告訴自己，這場比賽我一定會贏，一定會贏。

整個攝影棚靜悄悄的，仔細聽似乎還能聽到自己的心跳聲。大概是錯覺吧，又不是電影或電視劇情節，人類不可能聽到體內的心跳聲。除非罹患「脈動性耳鳴」，否則聽不到那種聲音。我還沒碰過有題目是考脈動性耳鳴，想必是太過專業，不適合用來當益智問答的題目。然而，我卻聽過這個無關益智問答的術語。因為兩年前，我的母親就罹患了這樣的疾病。

很好，我的狀況不錯，腦筋動得非常快。過去阪神虎的哪一位棒球選手，其快速直球擁有「火焰直球」的稱號——答案是「藤川球兒」。現在我思考的速度，絕對不下於藤川球兒的火焰直球。

廣告結束，主持人賣了關子說，這場決賽也到尾聲了，下一題之後，觀眾會看到王者誕生？還是本庄絆力挽狂瀾呢？

我慢慢張開眼睛，深呼吸一口氣，用指尖確認著搶答按鈕的觸感。

工作人員打出暗號，朗讀題目的播報員也吸了一口氣。

「下一題——」播報員終於要唸題目了，觀眾席上有人小聲地說，還剩一題定勝負。再答對一題，我就是冠軍了。

我集中精神，所有專注力都放在題目上。

「據說佛教的極樂淨土中，有一種聲如天——」

我飛快按下按鈕，但本庄絆的答題燈號，比我的更快亮起。

被搶先不是我大意的關係，本庄絆的搶答時機太完美了。

於是我開始思考，極樂淨土中的聲音肯定很悅耳，住在極樂淨土中，又有天籟之聲的存在——答案只有一個。這個問題只要有相關知識，一定回答得出來。而本庄絆的知識量比任何人都豐富。

攝影師腳邊有一塊大螢幕，上面有我們在鏡頭前的影像。

搶下答題權的本庄絆，眼睛死盯著同一個方向，他在翻找腦海中的記憶庫，拚命尋找這一題的答案。他就像登山客走在山脊上，兩旁是萬丈深淵，一失足就會跌落地獄。想不出答案，或者給出錯誤的答案，都會讓他輸掉這場比賽。

我用表情告訴他，「喂，老兄，這麼簡單的題目你不會答不出來吧？」希望我的表情會帶給他更多的壓力。

可惜我的小手段不奏效，本庄絆露出茅塞頓開的表情。

他先調整好呼吸，以自信的語氣說出解答。答案是**「迦陵頻伽」**。

攝影棚內響起了叮咚聲，代表本庄絆答對了。勝負要等到下一題才會分曉，觀眾席上爆出如雷掌聲。

比數變成六比六。

這下我們同分，鹿死誰手就看下一題了。觀眾席的掌聲化爲了歡呼。

我眨了眨眼睛，白光漸漸消散無形。前方的螢幕打上了剛才的完整題目，以及本庄絆專注的神情。

「題目：據說佛教的極樂淨土中，有一種聲如天籟的存在，其美麗的嗓音甚至被比喻爲諸佛圓音。請問，那種上半身爲人身，下半身爲鳥類的生物叫什麼？答案：迦陵頻伽。」

現場瀰漫著緊張的氣氛。本來每一題結束後，主持人會請教我們的看法和意見，現在主持人也感受到緊張的氣氛了。

「終於到了最後關頭，冠軍將在下一題誕生。第一屆《Q1益智問答大賽》的冠軍，究竟是三島玲央，還是本庄絆呢？」

主持人點點頭，暗示播報員繼續出題。鏡頭前的播報員再次深吸一口氣，整座攝影棚寂靜無聲。

「下一題──」

這一刻終於來臨。我茫然想著那一千萬元，下一題價值一千萬元。我右手放在答題按鈕上，緊張到都快抽筋了。

播報員吸了一口氣，閉上嘴巴。

說時遲那時快。

我聽到有人按下搶答鈕的聲音。難不成是我失誤亂按？我趕緊低頭看自己的手，但答題燈號沒有亮起來。我立刻望向一旁的本庄絆，是他的燈號亮了。

我的頭一個想法是，啊啊，這傢伙搞砸了。我很同情本庄絆，播報員連一個字都還沒有說呢。一個字都還沒有唸，代表他必須從這世界的萬事萬物中──亦即無限的選項中──找出正確答案。本庄絆在決勝的關鍵一題，不小心放槍了。而且《Q1益智問答大賽》是現場直播，當下有數百萬人見證他的失誤。換句話說，製作單位不可能重拍最後一題，來掩蓋他的失誤。

本庄絆已經答錯兩題，再答錯一題就會失去資格，規則是這樣定的。

我無所謂，反正贏就是贏。雖然這不是我期望的獲勝方式，但一千萬獎金是我的了。真可惜啊，本庄絆。

現場觀眾、主持人、工作人員，也都發現本庄絆出了大烏龍。導播在攝影棚的角落一臉慌張，對著對講機下達指示。這個直播意外，立刻引起所有人譁然。

「媽媽，是小野寺洗衣公司喔。」

本庄絆說出了這幾個字。

「咦？」

我不禁疑惑。本庄絆是不是緊張過度，腦筋不正常了？我望向一旁的本庄絆，他依舊面無表情直視前方。那表情我在電視上看過很多次，彷彿該做的事他都做了，就等全世界的人跟上他的思維。

我心跳加速，開始擔心起來。他對自己的答案很有信心嗎？可是，播報員連題目都還沒有唸，他是按照什麼樣的邏輯來推測題目的？

我觀察主持人的表情，還有在一旁朗讀題目的播報員。主持人一臉訝異，播報員更是目瞪口呆。

全場靜悄悄的，我還聽到旁邊的工作人員說，這下該怎麼辦才好？還有人問，節目繼續下去沒關係嗎？

「媽媽，是小野寺洗衣公司喔。」

本庄絆又一次說出自己的答案。

過了十秒左右，現場響起了叮咚聲，本庄絆答對了。舞台兩旁噴出白色煙幕，頭頂上還降下大量的亮片。都到了這個地步，我還是不明白到底發生了什麼事。導播亮出大字報，主持人在不明就裡的情況下照著唸：

「真是想不到啊！冠軍竟然這麼快就誕生了！恭喜本庄絆榮獲《Q1益智問答大賽》的第一屆冠軍！」

聽到主持人講的話，我才認清現實。本庄絆獲勝了，他在出題之前搶先說出答案，而且還答對了。節目的贊助商拿著支票來到舞台邊，等著頒發獎金。

我愣在舞台上，不知所措。

無數的亮片和煙霧遮住了視線，我不斷揉眼睛，不敢相信眼前發生的一切是真的。頭一抬，亮片又掉進我的嘴裡。我拿出口中的亮片，沒來由地放進口袋。後來我的腦筋一片空白，不記得自己是怎麼回到休息室的。

節目結束後，本庄絆沒有回到休息室。無緣晉級決賽的六位參賽者，一字排開坐在地板上，沒有坐製作單位準備的椅子。他們瞪著休息室的入口，活像參加民權運動的群眾——這個景象讓我聯想到馬丁·路德·金恩牧師，還有吉姆·克勞法，以及蒙哥馬利公車抵制運動。益智問答比賽都結束了，我的腦袋卻自動調出美國民權運動的關鍵字。民權法案是一九六四年制定的沒錯吧？甘迺迪是一九六三年被暗殺，我記得民權法案是他死後隔一年制訂的。我拿出手機搜尋民權法案，果然是一九六四年，我沒記錯。遺憾的是，答對這個也沒意義。

我不再看手機，休息室的氣氛好凝重。沒有全力比拚後的解放感，只有無法忍受益智問答被玷汙的憤怒與不滿。我想了一下，決定坐在他們前面，盡可能裝出不高興的表情。我不認爲這樣做有什麼不對，回頭一看，身後有六張臉孔瞪著休息室的入口，猶如拉什莫爾山上的紀念雕像。位於南達科他州黑山的拉什莫爾山國家紀念公園，有哪幾位美國總統的紀念雕像？——喬治·華盛頓、湯瑪斯·傑弗遜、狄奧多·羅斯福、亞伯拉罕·林肯。

準決賽的參賽者我都認識，都是公開賽上的常客。以前參加高中生益智問答大賽時，有人跟我住在同一間旅館，也有人跟我在其他益智問答節目對決過，還有大學益智問答研究社的前輩……除了我以外的六位參賽者，他們異口同聲地說，這下肯定要鬧出大事。但沒有一個人挺身而出。我們沒有交換意見，只是大家都有個共識，沒有人能接受本庄絆贏得冠軍寶座。倘若本庄絆作弊被揭發，優勝獎金一千萬怎麼分配呢？大家似乎都在擔心挺身抗議的人會失去領取獎金的資格，所以沒有人走出休息室表達抗議。

過了一會，年輕的工作人員來到休息室，打聽我們每個人的住所，說要幫忙叫計程車。

「這是怎麼一回事？爲何本庄絆在出題之前就知道正確答案？」其中一名參賽者要他給一個交代。

「節目的事情我不清楚，我只負責拿乘車券給各位，麻煩告知一下住所。」這是工作人員的說法。

「問題沒釐清，就想打發我們走？」另一名參賽者也有意見。

「等一下清潔人員會過來，攝影棚要趕快撤掉才行。」

兩邊的對話牛頭不對馬嘴。

「你們製作單位啥說明都沒有，直接叫我們滾就對了？」

「我是眞的不曉得啊。」工作人員似乎完全狀況外。一定是有人叫他來發乘車券，他也只是聽命行事。

「那不然，你叫坂田先生過來，請坂田先生親自來跟我們說明。現在出這種事，誰能接受啊。」

另一名參賽者提到的坂田先生，全名坂田泰彥，是這個節目的總監。

「坂田先生正在接待贊助商，今天應該沒空。」

「沒空？搞出這種爛攤子，還要先去拍贊助商的馬屁就對了？」

又有一名參賽者開嗆，工作人員只好道歉。

「道歉有屁用喔，叫人來說明啊。」

「對不起，我們日後一定派人說明，今天請各位先回去休息吧。」

這名工作人員才二十出頭吧，看他快被罵哭了。

參賽者中年紀最大的片桐先生——以美國總統雕像來比喻的話，他坐在相當於喬治．華盛頓的位置，年紀已經三十五歲了。片桐先生以嘲諷的口吻說，對這種小角色抱怨也沒用。他從地板上站起來，向可憐的工作人員確認製作單位是不是真的會給一個解釋？

他的語氣夾雜著對製作單位的不滿，以及對這名工作人員的同情。

「我想製作單位會給一個交代的。」工作人員心虛地說道。

「你們不給交代，我們就會抗爭到底。」

片桐語帶威脅，工作人員趕緊低下頭，保證會給一個交代。

感覺好像我們一群人聯手欺負工作人員似的，片桐先生也不好受。他決定先息事寧人，其他參賽者也跟著起身離開。

我離開休息室的時候，正好跟那名工作人員對到眼，他立刻轉移視線。我的眼神介於怒目相視和凝視之間，死盯著他不放。他根本不敢看我，我試圖看穿他泛淚的原因。是不是他也對這個結果不滿呢？還是說，被一群年紀比自己大的參賽者圍攻，他嚇壞了呢？

我站在休息室的入口不肯離開，直到片桐先生勸我，我才作罷。到頭來，我也看不出那名工作人員爲何眼帶淚光。

總之，一行人心不甘情不願地回家了。我跟準決賽的對手富塚先生搭同一輛車，因爲我們回程的方向一樣。富塚先生比我大八歲，沒記錯的話，他是升上大學才接觸益智問答。日本史是他擅長的領域，曾在「abc 益智問答大賽」的筆試中拿過冠軍，也是各大公開賽的常勝軍。如果有人問近期最強的五名選手是誰？富塚先生絕對榜上有名。幸好準決賽我狀況不錯，在前期率先搶下三題，才能一鼓作氣獲勝。說實話，第一輪淘汰賽後，我一看到接下來的比賽組合，根本沒把本庄絆放在眼裡。我眞正戒備的強敵是富塚先生。

在計程車上，富塚先生問我對這個結果有什麼想法。

「您是指最後一題？」

「最後一題固然可疑，但其他題也有蹊蹺吧？」

不愧是經驗老道的益智問答選手，決賽中各種荒誕難解的現象，富塚先生都看在眼裡。的確，本庄絆在最後一題被唸出來之前，就說出正確答案。然而，可疑的不只如此。前面幾題，也有幾個搶答時機很古怪。

「我倒想請教一下，富塚先生您是怎麼想的？」

「我認爲他作弊。三島老弟，就說你們兩個的比賽就好，雙方比數四比三的時候，有一題不是關於『野島斷層』嗎？那題他也是在很詭異的時機按下搶答鈕。話說回來，對方有沒有作弊，實際對戰過的人一定最清楚。我今天沒有直接對上本庄，所以才想知道你有什麼感想。」

「那我就直說囉？」

「嗯，你老實說沒關係。」

「比到最後一題，我才懷疑他有作弊。」我知道這不是富塚先生想聽的答案，也不是我自己樂見的回答，但還是老實說了。

所謂的作弊，就是本庄絆跟製作單位串通的意思。富塚先生一定是這麼想的吧——不，也不只富塚先生，其他參賽者和無數的觀眾——大概也認為今天的比賽，製作單位早就安排好讓本庄絆贏。大家會有這樣的看法，也無可厚非。畢竟只有事先知道題目的人，才有可能在出題前搶先說出答案。

本庄絆有不錯的知名度和人氣，不少觀眾替他加油，但沒有行家真的相信他會拿下益智問答大賽的冠軍。他又不是益智問答的專家，也沒人認為他精於此道。

「『野島斷層』那一題呢？」

「那題他確實按得很快，但他偶爾會賭一把。可能他是真的有信心，或是沒有其他選擇才那樣做吧。說不定以前的益智問答也出過同樣的問題，當然這個可能性不高就是了。總之，他不是尋常的益智問答選手，實在難以斷定。」

我說出自己在決賽時的感悟。本庄絆不只會賭一把搶快，有時候在該按鈴的正常情況下，他反而毫無反應。這不代表他作弊，頂多只代表他不是老練的益智問答玩家。至少在最後一題到來之前，我都沒懷疑過他作弊。

「也對，用我們的標準來衡量他搶答的方式，沒有太大意義。」

「是啊。」這點我也同意。

世人賦予本庄絆各式各樣的稱號。有人說，他是腦袋裡裝著全世界的男人，也有人說他記得萬事萬物，是益智問答的魔法師。當然，他不可能把全世界保存在腦袋裡，也不可能記下萬事萬物，魔法這種東西更是無稽之談。但他確實有超乎常理的記憶力。

本庄絆二十二歲，是東大醫學系的四年級生。他的腦海中有無人能及的資訊量，能背出歷屆美國總統和每個諾貝爾獎得主的名字，聯合國所有國家的國旗和首都他也知之甚詳。連日本所有知名寺院的稱號，以及一百首和歌的內容也倒背如流。本庄絆沒參加過任何益智問答的研究團體，以一個益智問答的選手來說，這是很罕見的事情。過去他以學生身分參加《超人特輯》節目，而且參加的是「智能超人」的單元。有一次他背出了日本國憲法的所有條文，因而聲名大噪。坂田泰彥以前是《超人特輯》的製作人，看出本庄絆有當明星的潛力，於是另外開闢一個節目叫《智能超人決定戰》。本庄絆在那個節目締造了許多傳說，例如在一問多答的競賽中，他背出所有諾貝爾文學獎得主的名字，外加兩百多件世界自然遺產。乃至日本足球聯盟的所有球隊，以及日本夏季奧運的所有金牌得主，全都難不倒他。他甚至只要看一下QR碼和商品條碼，就能說出商品名稱。

可是，這些東西和益智問答無關。益智問答比的不是知識量，而是正確解出益智問答的能力。本庄絆是記憶力超群的電視明星，並不是益智問答的專家。至少，我們這些益智問答的專家是這麼想的。

「好啦，先不講其他題目。就說最後一題，你有什麼合理的解釋嗎？」

富塚先生在懷疑作假的同時，也試著去思考公平公正的可能性。這種心情我也理解，以前的益智問答節目有沒有作假我不曉得，現在的節目已經沒聽過類似傳聞了。有些節目可能遊走於灰色地帶，但灰色地帶跟作假還是有一段差距。就我所知，每位選手的參賽條件好歹都是公平的。益智問答的專家不是明星，純粹是一群喜歡益智問答的阿宅，難以配合作假的益智問答節目。如果製作單位有意造假，現場的氣氛一定藏不住。

我的心情比較複雜，自己也不清楚到底想要怎樣的結局。本庄絆的確令人火大，他應該受到懲罰才對。好好一場正經的比賽被玷汙了，萬一本庄絆作弊的事被揭穿，說不定我有機會遞補冠軍。我心底還是有爭奪那一千萬的欲望。

不過，益智問答比賽是絕對不能作假的。一般人無法理解爲何我們搶答的速度如此之快（其實，對我們來說這是稀鬆平常的速度），不少人懷疑益智問答比賽都是假的，這種說法我也聽到煩。所以作弊被揭穿的話，也等於砸了我過去辛苦奪得的獎盃。

「我也不知道有什麼合理的解釋。」

「不是沒有合理的解釋，而是你不知道？意思是，這場比賽可能沒有作假？」

「關於這一點，我也不知道。」

「對了，最後一題的答案『媽媽，是小野寺洗衣公司喔』，你知道那是什麼嗎？」

「我聽都沒聽過。」我老實回答。那是我從來沒聽過的東西，所以比賽一結束就回休息室用手機上網查。好像是一家連鎖洗衣店，主要據點在山形縣，在本州中部和東北部地方也有分店。最後一題的題目很怪，出題傾向和之前的題目也有微妙的差異，又不像是刻意安排的新問題。

「益智問答很少出那種題目吧？那題我也從來沒聽過。」

「是啊。」

「那本庄是如何答對的？那傢伙是東京人吧？」

「沒錯。」

「我還是覺得他作弊，不然就是他有特異功能了。可以從萬事萬物的無限選項中，用特異功能挑出正確答案。」富塚先生說道。

我下車後一直在思考，爲什麼本庄絆能搶下那一題？

他是眞的作弊？還是他有神奇的特異功能？

這兩者我都無法接受。益智問答比賽絕對不該作假，更不該依賴怪力亂神。所謂的益智問答，其實就是善用自己的知識，以合乎邏輯的思維，比對手更快推算出正確答案。從出題者給的資訊中，鎖定正確答案的範疇，剔除多餘的可能性。用這樣的方法，從萬事萬物中歸納出唯一的可能性。益智問答比賽不是在比怪力亂神的加持，也不是製作單位喜歡的人才能獲勝。

回家後，我上社群網路觀看本庄絆獲勝的精華影片。

「下一題——」播報員才剛說出這句話，本庄絆就按下搶答鈕，說出「媽媽，是小野寺洗衣公司喔」。

畫面並沒有拍到台下工作人員驚慌失措的模樣，出題的播報員臉色都發青了。而我則在畫面的右方四處張望，一臉困惑地低下頭。

本庄絆又說了一次答案「媽媽，是小野寺洗衣公司喔」。過了一會，現場響起叮咚聲。

網路上完全沒有新的消息，我在現場看到的就是全部。不過，有件事我在現場反而沒看到。那就是電視轉播的畫面中，有播報員本來應該唸出來的完整題目。

「題目：以『Beautiful Beautiful Life』的歌詞廣為人知，並以獨特的廣告和天氣預報節目聞名，在山形縣等四大縣市都有據點的連鎖洗衣店，請問名字

是什麼？答案：『媽媽，是小野寺洗衣公司喔』。」

這題本庄絆沒搶答的話，我也不可能按鈴搶答。我出生於千葉，根本回答不出來這種題目。那麼在東京長大的本庄絆，爲何答得出來呢？難不成，全國的迴轉壽司連鎖店和洗衣連鎖店，他都背下來了？

不管怎麼說，他實在沒必要冒險搶答。他可以等聽完題目再作答，勝利一樣是他的，又不會被懷疑作假。

轉念及此，我才發現不合理之處。對啊，本庄絆根本不必在那個時機搶答。就算製作單位事先告訴他答案，他也可以等，等播報員唸出「Beautiful」再搶答。後續有可能是「Beautiful Life」或「Beautiful Mind」，光從這個單字我只想到嵐和GReeeeN的歌曲〈Beautiful days〉。相信他也明白，這世上沒有一個益智問答選手，光聽到「Beautiful」就能聯想到「媽媽，是小野寺洗衣公司喔」。他只要再多等一下，就不必在全國觀眾面前留下作假的嫌疑了。

爲什麼本庄絆要冒險搶答呢？

我實在想不通，那種搶答方式根本不合理——這是我唯一理出的頭緒。

接著，我又想起那一千萬。一千萬我有機會拿到嗎？工作人員說，製作單位一定會給我們一個解釋。現在也只能等他們的「解釋」了。

《Q1益智問答大賽》還沒有結束。

根據節目總監坂田泰彥的說法，將棋和棒球都有職業比賽，爲什麼益智問答比賽不能如法泡製？《Q1益智問答大賽》便是源自於這樣的構想。他在接受採訪時，說出了自己對節目的願景，電視和雜誌也有報導。

「益智問答也算是一種競技，頂尖高手絕對會有精采的表現。再加上一千萬的優勝獎金，這幾個要素加在一起，絕對是很有看頭的節目。」

採訪記者問他，益智問答比賽採用現場直播，不怕出亂子嗎？坂田泰彥的答案是，益智問答比賽同樣是競技，世足賽大家也都是看現場直播，沒人看後製的。

益智問答有各式各樣的形式。好比搶答式益智問答、筆試益智問答、板書益智問答等等……同樣是搶答式益智問答，答錯的懲罰和獲勝的條件也不一樣。另外，題目的形式、種類、難易度也各有不同。這個領域有很多比賽，不同的比賽有各自的比賽方法，並沒有統一的規則。

《Q1益智問答大賽》的規則更是特殊，總歸一句話就是條件訂得很嚴謹。準決賽和決賽都是採七勝三汰制。所謂的七勝三汰制，意思是先搶下七題的人獲勝，答錯三題的人直接失去比賽資格。這還算是益智問答的基本形式，但出題沒有特定的範疇，考古題和全新題搭配的比例很好。熱衷研究益智問答的大學生，也不會想舉辦這麼硬派的比賽。

官方網站上記載，《Q1益智問答大賽》有將近七千人報名參加。第一關筆試就刷到剩下五十一人，製作單位又邀請十三名選手，共計六十四人進行第二輪比賽。一路晉級到準決賽的八名選手中，有五名是製作單位邀請來的，我和本庄絆也是受邀參賽。

第二輪比賽採四人一組，五勝三汰制（答對五題獲勝，答錯三題淘汰），從六十四人中選出十六強。第三輪比賽採七勝三汰制，有不同種類的題目可選，也能找幫手支援，規則跟決賽大同小異（民間播放聯盟有規定節目的獎金上限，開放幫手是要規避條文，以便送出一千萬元的獎金）。獲勝的八強將有資格參加準決賽。

最後，本庄絆贏得了冠軍。

直播結束後，《Q1益智問答大賽》的官方推特有超過三千則留言。最令我意外的是，稱讚本庄絆實力高超的留言，幾乎跟埋怨節目作假的留言一樣多。我這才知道，原來本庄絆不是第一次展現神乎其技的搶答速度。他在另一個益智問答節目中，也曾在最後關頭以不尋常的搶答速度，正確回答製作單位的問題，締造了「只聽一字就搶答」的傳說。

我打開本庄絆的推特帳號，與節目相關的推文有上千則，但他本人在賽後始終保持沉默。大部分的文都是粉絲留的，不外乎恭喜他奪得優勝、再創傳說等等。

《Q1益智問答大賽》的其他參賽者，對這種狀況大呼不解。

富塚先生在推特上表示絕望，他認爲本庄絆明顯作弊，爲什麼還有人挺得下去。本庄絆的粉絲反唇相譏，笑他輸不起。富塚先生回嗆說，外行人根本不懂益智問答。

片桐先生也發文表示，如果本庄絆沒有作弊，他應該親口說明爲何在出題前就知道答案。果不其然，本庄絆的粉絲貼了一段影片連結，反駁片桐先生的說法。那是決賽的第二題，影片中播報員才唸幾個字，我就按下搶答鈕，答對了那一題。

本庄絆的粉絲說，三島玲央選手只聽到幾個字就知道答案，既然這不是作弊，那最後一題也同樣不是作弊。

片桐先生則表示，這兩題的情況本質上完全不同，連這兩者都分不出來的人，最好先研究一下益智問答再來發言。留言一貼出來，立刻引來本庄絆的粉絲撻伐。

其他的參賽者共同組成了LINE群組，思考該怎麼要求製作單位給一個交代。我看著群組中熱絡的對話，不免有個感想。世人的感受跟我們這些益智問答專家的差異太大了，在一般人的眼中，我們的搶答速度本身就已經超乎常理。

隔天出現了一則網路新聞，標題是「究竟是作假還是特異功能？益智問答大賽引來正反兩方評論」。報導指出，有人批評本庄絆不聽題目就搶答，肯定是作弊，但他過去在其他益智問答節目中，也多次憑著超人般的記憶力展現奇蹟。報導最後還留下懸念，沒有把話說死。

幾個談話性節目發通告給我，我都拒絕了。我的推特追蹤人數爆漲了十倍以上，我只留下一則推文，表示正在等待製作單位的說明，不方便發表公開訊息。社會大眾的看法跟我落差太大，我根本不曉得該寫些什麼才好。

我對製作單位的要求也很簡單，有作假就老實承認，沒有作假請解釋清楚本庄絆為什麼不聽題目就知道答案？單用「特異功能」幾個字來帶過，我絕對無法接受。哪怕社會大眾能接受，益智問答玩家也無法接受。

節目播出三天後，製作單位才發布訊息。

第一屆《Q1益智問答大賽》的所有觀眾、選手、相關人士，以及所有的益智

問答玩家，大家好。

本次《Q1益智問答大賽》播出後，我們收到了各方的意見。對於益智問答比賽演變成這樣的局面，我們也深感遺憾。

經過外部人士的調查，本節目在演出上有些不合宜的地方。這並不代表我們節目作假，本次大賽舉辦的目的，也是希望推廣益智問答比賽，但最終還是造成了混亂，這都是我們能力不足所致。我們熱愛益智問答的心沒有半點虛假，只可惜無法滿足所有人的期待，真是非常抱歉。

本來我們預計每年要舉辦一次大賽，讓各位觀賞最棒的益智問答節目。不過，既然無法獲得每一位觀眾的認同，那我們也不會再以同樣的方式召開大賽。

另外，獲勝的本庄絆先生自願放棄冠軍資格，獎金和獎盃也已悉數歸還。

請容我們再次致上最誠摯的歉意。

以上文章，是以坂田泰彥總監和全體工作人員的名義發表的。

我用電腦看這篇文章，看完氣到一拳砸向電腦桌，連自己都沒想到會這麼憤怒。這種說法根本不合理，我完全無法接受。製作單位只承認「節目在演出上有一些不合宜」，但不承認比賽有作假。他們不承認作假，卻又無法說明本庄絆如何答對那一題。而且文字上也沒有本庄絆的聲明，製作單位表面上道歉，實則毫無抱歉之意。什麼叫造成混亂？什麼叫無法滿足所有人的期待？這不是重點好嗎。

我反覆閱讀那則公開訊息，讀了好幾次，還是看不出最後一題是作假還是特異功能。最後一題到底算不算益智問答，我也沒信心了。假如這就叫「解釋」，那製作單位也太瞧不起我們益智問答玩家了。

我打開推特，強忍著想抒發不滿的衝動。忍到實在忍不下去，又一拳砸向電腦桌。稍微冷靜一點後，我無言轉發節目的官方帳號，富塚先生的引用推文也寫道，製作單位根本不把觀眾和選手當一回事。片桐先生也發文說，以後再也不參加任何益智問答節目。

官方帳號底下的回覆，也有很多人無法接受這種說明。這是當然的，我就無法接受。現在有個傢伙沒看題目就說出正確答案，製作單位卻說沒有造假，眞是豈有此理。倘若眞的沒有作假，那就給大家一個心服口服的交代，說明本庄絆是如何答對那一題的。

相反地，還是有很多自以爲是的粉絲，跳出來替本庄絆護航，相信他是憑實力獲勝。他們的說法是，本庄絆那種水準的高手，不用看題目就知道正確答案了。而且本庄絆很認眞準備比賽，怎麼可能作弊。也有不少人說，反正益智問答比賽都是假的。這些意見是出於無知，我也不怪他們，但有些留言眞的讓人忍無可忍。比方說，有人罵我輸不起在找碴，或是拿不到獎金才妒忌生恨。甚至還有人說，我也幫著製作單位作假。

「有相關人士爆料，整場比賽都是演的。製作單位想捧出一個益智問答明星，所以找了三島玲央當墊腳石，三島玲央也是拿錢辦事啦。」

看到那則發文，我當場失去理智。

我轉發推文，寫道「眞是以小人之心度君子之腹」。隔天早上我恢復冷靜，刪掉了那則發文。面對製作單位和本庄絆這兩大壞蛋，我必須扮演一個權益受損的正人君子才行，至少目前必須忍。

我以相當謙恭的措辭，寫了一封電子郵件給坂田泰彥。大意是，請他告訴我製作單位判斷沒有作假的依據是什麼？既然不是作假，那就說清楚本庄絆是如何答對最後一題的。同時我也保證，雙方的對話絕不會外流。

等了好幾天，坂田泰彥都沒有回信，製作單位也沒有再發公告。我等不下去，打算直接跟本庄絆聯絡。但我不知道他的聯絡方式，只好請教他的大學好友。那位好朋友勸我打消這個念頭，因爲比賽結束後，本庄絆沒有跟任何人聯絡。

冒昧聯絡實在抱歉，我是您在益智問答大賽上的決賽對手三島玲央。前幾天的比賽，感謝您的切磋指教。這次跟您聯絡，主要是決賽的搶答題，我有一些不明之處想請教。您的聯絡方式是東大醫學系的川邊同學告訴我的。老實說，同樣身為晉級決賽的選手，我認為比賽到中途都是堂堂正正的對決。然而，您的搶答方式有些地方超出了我的理解範圍。您對我的用意可能會感到不安，但我身為益智問答玩家，純粹是想解決自己的疑惑。我們之間的對話絕不會洩漏給第三者，還望您回信指點一二。

我反覆推敲說詞，寄了這封電子郵件給本庄絆。我答應他對話不會外流，但也要視情況而定。反正還是要看他怎麼回，他不回信整件事也沒著落。我最重視的是眞相，所以絞盡腦汁思考，該用什麼說詞才能讓他回信。

我還沒收到本庄絆的回信，就先收到坂田泰彥的答覆：

「害您擔憂實在過意不去，我們製作單位查明的事實，將會全部公布在官網上，還請您暫待一段時日。」

太荒謬了。我不是觀眾，而是當事人。我就在他們製作單位眼前，因爲一個不合理的搶答輸掉了比賽，他竟然這樣敷衍我。

我本想直接追討那一千萬。但我說服自己冷靜下來，問他下次公布訊息的時間。

坂田泰彥沒再回信，本庄絆也沒跟我聯絡。據說本庄絆不是故意躲我，而是跟任何人都斷絕聯繫。

本庄絆沒有一絲消息，正巧大學放暑假，也沒人知道他在哪裡。

這段期間世界依然正常運作，有未成年偶像喝酒被爆料，知名演員外遇被抓。還有其他節目作假被揭穿，知名網紅講錯話引起軒然大波。期間還發生了政客貪贓枉法，以及震驚社會的殺人事件。大眾對《Q1益智問答大賽》的關注，幾乎快被這些事情洗掉了。唯有本庄絆的粉絲，繼續堅信他不可能作弊，痴痴等待他的回歸。

富塚先生和片桐先生這些晉級準決賽的選手，也差不多快忘記本庄絆和那場益智問答大賽了。他們只當那場比賽沒發生過，早已調適好心情，準備參加其他比賽。即使媒體沒有給我們光鮮亮麗的舞台，我們也會聚在一起互相切磋。

有時在其他比賽會場上，會有人問我《Q1益智問答大賽》的事。在他們的觀念裡，本庄絆就是被電視捧紅的明星，一時得意忘形做出了莫名其妙的搶答。

我不曉得該怎麼做才好。

我該向誰訴說冤屈？找警察還是律師？

於是，我想像世界上有一個神明，專門在這領域懲奸除惡。神明啊，有人利用益智問答爲非作歹，讓他們受到應有的報應吧——實際想了一下，我發現這麼做實在有夠蠢，便打消了念頭。

沒有人能依靠，製作單位和坂田泰彥靠不住，其他粉絲或參賽選手也靠不住。他們都是一副事不關己的心態。事不關己，寫成「事不關已」是常見的錯誤，我想起常見的錯別字三兄弟，老大「莫名其妙」才是正解，「莫明其妙」是錯字。老二「勝券在握」才是正解，「勝卷在握」是錯字，老三「按部就班」才是正解，「按步就班」是錯字。所謂的錯別字三兄弟，是我念高中時自己取的——不行，現在不是思考益智問答的時候。

我決定先理清現狀，最後得出只能靠自己抽絲剝繭的結論。

先自行調查那場比賽的眞相，再來決定要提告或是另做圖謀吧。本庄絆究竟是作弊還是有超自然的力量？或者——雖然我不願意承認——但他有沒有可能是依照合理的方式推導出答案的？

我比任何人都接近眞相，因爲我就在比賽現場，和本庄絆正面對決。那場決賽到底發生了什麼事情，我有體驗到現場的氣氛。

接下來，我將解開一道最大的謎題。

「下一題：第一屆《Q1益智問答大賽》的最後一題，本庄絆如何在沒聽到題目的情況下解出正確答案？」

當我情緒不安的時候，會拿出抽屜裡的搶答鈕。那是大學的益智問答研究社用過的器材，後來社團全部換成新式按鈕，我討了一個舊式的回家。光是手指放在上面輕輕撫摸，我的心就會慢慢恢復平靜。益智問答在腦海中回放，**「目黑車站在品——」**題目剛出現我就按下搶答鈕。搶答鈕沒有連接在器材上，按下去也不會發光，但我看得到搶答燈發亮的景象，答案是**「港區」**。這是老題目了，**「目黑車站在品川區，那麼品川車站在哪一區」**。我在腦海中答對了這一題，只可惜《Q1益智問答大賽》的謎題依然解不開。

我決定靠自己追出眞相，畢竟這關係到一千萬元。也不對，我已經不是很計較那一千萬了。現在有人玷汙益智問答，還有人懷疑我參與作假。我只是想知道眞相，知道眞相我就能抬頭挺胸繼續比賽。

我找到本庄絆的高中朋友聊了一下。也透過這層關係，認識了本庄絆的弟弟。他弟弟只是高中生，對益智問答沒興趣，也幾乎沒看過哥哥上電視。但我從弟弟口中得知了一些有趣的消息。另外，我還拜訪了幾個益智問答高手，他們都有跟本庄絆對戰的經驗。坂田泰彥不肯見我，好在我見到了益智問答的大前輩，前輩在坂田泰彥的節目中負責安排題目。

我努力蒐集本庄絆參加的益智問答節目。本庄絆在那些節目中，也多次展現不合常理的搶答速度。

比方說《Q萬象問答》的第十六集，也是最後一集。本庄絆在決勝的最後一題，只聽到一個字就搶答了。

「答案是『結果好一切都好』。」

本庄絆先想了一下，才說出答案。

結果答對了，也贏下那場比賽。其他參賽者訝異之餘，紛紛表示讚賞。本庄絆在那一題締造了「一字搶答」的傳說。很多人認爲他在《Q1益智問答大賽》用的是超自然力量，也跟那個傳說有關。

我看了很多很多影片，最後也看了《Q1益智問答大賽》的決賽片段。我看著影片，一面分析本庄絆，一面回想自己的參賽經歷。

比賽會場的燈光很強烈，拍出來倒沒有太亮的感覺。

決賽開始前，製作單位播出我的介紹影片。上面有我參加過的益智問答節目，以及在準決賽擊敗富塚先生的剪輯畫面。製作單位還給了我一個稱號叫「益智問答的業餘帝王」。我討厭那種稱號，事前請工作人員幫我換一個。益智問答沒有所謂的職業選手，自然也沒有業餘可言。留著絡腮鬍的工作人員答應我會想一個新的，結果正式播出還是沒有更改。

播出介紹影片的這段期間，我和本庄絆一同等待入場。替我別上麥克風的工作人員拍拍我的背部，叫我前往比賽席位。舞台兩旁噴出煙霧，我穿過煙霧，走下中央的紅色階梯。煙霧遮蔽我的視野，根本看不到周圍的東西。

我站上比賽的席位，稍微點頭致意。我知道部分玩家有這樣的習慣，但我平常不會做這種事。我也不記得自己幹麼點頭致意。可能是一個人站在寬敞的舞台中央，想做點事掩飾害臊的情緒吧。

再來播出本庄絆的介紹影片，上面有他在別的節目中背出所有自然遺產的片段，以及準決賽的剪輯影片。製作單位給他的頭銜是「記憶萬物的無敵王者」。本庄絆在白色煙霧中，輕鬆自在地走上舞台。不愧是常上電視的人，不像我緊張到用小跑步進場。

主持人問我有沒有信心？我的答覆很無趣，只說自己會盡力而爲。主持人又問我，對本庄絆的印象是什麼？我老實說他很厲害，同樣是枯燥無味的答覆。

主持人改問本庄絆有沒有信心。

「我正在努力找一樣東西。」

本庄絆說完這句話，閉上眼睛，用手指抵住太陽穴。

「您在找什麼？」主持人問道。

「我在找自己失敗的可能性。」本庄絆回答。

這話一說出口，會場頓時歡聲雷動。

現在我才明白，本庄絆非常了解媒體的本質。單純看幾個阿宅玩搶答遊戲，觀眾也不會覺得有趣。尤其這場大賽的規則很硬，多虧有本庄絆，才勉強拍出一部趣味的益智問答節目。這個事實無從否認，整個節目有看頭是他的功勞。

「那您找到自己失敗的可能性了嗎？」主持人再問。

本庄絆張開眼睛，對著攝影機搖頭：

「我找遍全世界，很遺憾沒找到失敗的可能性。」

鏡頭帶到我身上，只見我面帶苦笑。現在回過頭來看當時的影片，我對自己無趣的反應感到慚愧。

主持人請教本庄絆，對競爭對手有什麼看法。

「他是全日本最接近益智問答眞理的人。」本庄絆說出這個答覆，又說：

「不過，我的腦海網羅了全世界。」

會場又一次沸騰。

「好，這場益智問答高手對決萬象之王的比賽，究竟誰會勝出呢？」主持人說完這句話，節目進入廣告時段。

這段期間，現場工作人員移動舞台布景，做最後的準備工作。工作人員來替我調整胸口上的麥克風，同時告訴我們，廣告一結束，比賽就正式開始。本庄絆拿起寶特瓶喝了一口水，點點頭表示知道了。

準備工作完成後，工作人員開始倒數計時。

廣告結束。

「第一屆《Q1益智問答大賽》決賽，三島玲央對決本庄絆，正式開始。」主持人宣布比賽開始。

整個會場靜悄悄的。

「**題目**——」現場只聽得到播報員的聲音。

「**以本週啓示**——」

我立刻按下搶答鈕，時機恰到好處。本庄絆完全沒反應，可能壓根不知道這題問的是什麼。

其實在按下搶答鈕的那一瞬間，我還沒想到答案。我只是直覺認定，這題我應該知道答案。於是我絞盡腦汁，感覺全世界的人都在關注我要講什麼。

我試著回想，想起夜晚聽過的聲音，那是我和哥哥的祕密，太陽沉入了黑夜的大海中。

無盡的回憶在記憶之海飄蕩，我伸手掏摸自己需要的答案。

找到了！

我找到答案的靈感，順著靈感確實抓出了答案。

「**答案是《深夜的笨蛋潛力》**。」

我信心十足地說出答案。

答對的鈴聲響起，現場觀眾一陣讚嘆，鼓掌叫好。

我答對了。一比○，先下一城。螢幕上出現完整的題目。

「題目：以『本週啓示』作爲開場白的廣播節目，同時也是廣播帝王伊集院光的招牌廣播節目是什麼？答案：《深夜的笨蛋潛力》。」

我想起潛藏在記憶深處的往事。

那是發生在小學一、二年級的事，半夜我尿急起來上廁所。

我聽到上鋪有人說話的聲音，一開始以爲聽錯了，等我上完廁所鑽回被窩，說話聲還沒停。大我八歲的哥哥已經在上鋪睡著，那不是哥哥的聲音。難不成是妖魔鬼怪？我嚇得睡不著。

過了幾分鐘，我聽到哥哥在笑。這下我擔心，哥哥是不是神智不正常了？我鼓起勇氣爬到上鋪，伸手拉扯日光燈的吊線開關。房間的燈亮了，哥哥驚訝地看著我，其中一邊的耳朵還戴著耳機。

「哥，你在幹麼?」我問哥哥。

「我在聽廣播啊，吵到你囉?」哥哥回答。

我點點頭。

「我會調小聲一點，你不要跟媽說我熬夜好嗎?」

「知道了，我會保密的。」我關掉電燈。

隔天哥哥偷偷告訴我，他聽的節目叫《深夜的笨蛋潛力》。那時候我還小，以爲「深夜」是某個人的名字（譯註：深夜日文發音SINYA，亦與人名同音）。因爲我的同學當中，有人名字剛好是同樣的發音。小時候我不懂「深夜」這個詞彙，因此造成誤會。

後來我得知「深夜」這個詞彙，對語法頗有微詞。日文有不少用來表達時間的詞彙，好比早晨、白晝、傍晚、午夜、破曉、黎明等等。

這些用來表達時間的詞彙，都是以太陽的移動軌跡爲基準。不過，唯有「深夜」是用夜的深淺來表達，實在是很奇怪的詞彙。當時我還認眞煩惱，到底什麼叫很深的夜?想到後來，還是無法理解這個詞彙的邏輯。

過了幾年，我在圖書館查詢早晨和夜晚這兩個詞彙的由來。當時我剛迷上益智問答，要準備題目參加集會。日文的早晨，源自「天明之時」一詞，白晝源於「日」

這個字。至於夜晚的夜字，其發音YO有「其他」或「靜止」的意思（關於這些詞彙的來源有各種不同的說法，所以我沒拿來當題目）。

那時，我反而很喜歡「深夜」這個詞彙，感覺滿有詩意的。

太陽緩緩沉入夜晚的海面，最後沉到黑暗的海底。我的心念跨越時代隔閡，終於和第一個說出「深夜」的先人緊密相連了。

我念大學時參加益智問答研究社，也積極網羅跟「深夜」有關的題材。也差不多是在那時候，我才知道《深夜的笨蛋潛力》當中的「深夜」不是人名。我很喜歡以「深夜」爲名的創作，好比《深夜Plus One》《深夜特急》《深夜食堂》等等……

之後我第一次聽《深夜的笨蛋潛力》，被逗得哈哈大笑。

節目一播完，我的情緒莫名亢奮，立刻傳了LINE給哥哥。哥哥說，想不到我也有聽那個節目，他很喜歡「本週啓示」的談話內容。

從我十多年前爬到上鋪的那一天起，哥哥一直是《深夜的笨蛋潛力》的忠實聽眾。

我和哥哥長大後各處一方，卻在夜深人靜的深夜時段，聽著同樣的廣播節目。套一句老掉牙的說法，就好像是某種奇蹟。我在比賽時想起了那段回憶。

我注意到一個理所當然的前提。益智問答玩家能答對問題，都有相應的理由。也就是要有某種相關的經驗，足以用來答對益智問答的題目。沒有相關的經驗就說不出答案，這太理所當然了。

有時候我們在回答題目時，感覺是用自己的經驗來當濾網，從廣大的世界中撈取答案。人活著，這個濾網會越來越大、越來越密。我們會發現，原來世界的多樣化遠超乎想像。這個體驗震撼我們，受到震撼的次數越多，益智問答的解題能力就越強。

答對「深夜的笨蛋潛力」以後，主持人先恭喜我搶下好彩頭，並問我答對的原因。

那是現場直播，我怕耽誤到節目的時間，直接承認自己聽過類似的題目。看了那段影片，我有點後悔自己的回答。我的答覆固然是事實，但也太無趣了。而且那是現場直播，意思是全國觀眾都知道我講話沒營養。這要是經過後製的節目，我的答覆片段一定會被刪光吧。

現在想想，其實有更好的回答方式。我可以說，那是哥哥喜歡的廣播節目。不然用誇大一點的說法，說是我喜歡的廣播節目也好。

當然了，現場直播沒有時間讓我談起過往的回憶。

深夜從上鋪傳來的聲音、上下鋪金屬梯子的觸感、我和哥哥的祕密、沉入夜晚海面的太陽——這些都不在益智問答的出題範圍。但在我內心深處，所有的回憶都跟益智問答息息相關。我就是用這樣的方法，從世界這個大海撈出我要的答案。

「那好，再來是第二題。」主持人說道。

「題目——」播報員開始念題目了。

「幸福的家——」

本庄絆也按下搶答鈕，但我快了一步。

有印度人出現在我腦海裡，我拚命趕走那個來亂的印度人。我要的不是你，快點滾。接下來出現了尼泊爾人，同樣被我趕出腦海。也不是你，現在輪不到你出場。

「幸福的家——」我調整呼吸。

這段文章我有印象，以前絕對有看過。我非常清楚，一定看過很多次。好了，快點告訴我吧，下面的文字是什麼？

印度人和尼泊爾人都消失不見了，我總算聽到腦海中回放完整的文字——幸福的家庭無不相似，不幸的家庭各有不幸。

「**答案是《安娜．卡列尼娜》。**」我回答。

現場又響起了答對的鈴聲，觀眾席也發出讚嘆的呼聲，比第一題有過之而無不及。或許現場也有不少人懂益智問答吧，這個問題不算冷門。

二比〇，我拉大了雙方的差距。

「題目：『幸福的家庭無不相似，不幸的家庭各有不幸』，這段名言出自俄國作家托爾斯泰的哪一部小說？答案：《安娜．卡列尼娜》。」

很久以前有一個印度人開了一家咖哩餐廳，無奈生意冷清，十分煩惱。爲了吸引客人上門，他想做出前所未有的咖哩。但人人都愛咖哩，各種稀奇古怪的口味早就被做出來了。他想到的嶄新咖哩——不外乎是乾燥咖哩、菠菜咖哩、優格咖哩——這些早就有人做了。至於還沒做過的——好比大便口味咖哩、咖啡咖哩、咖哩汁——純粹是太難吃才沒有人做。

煩惱到最後，印度人決定去尋找傳說中的香料。相傳某個地區的孟加拉虎非常喜歡那種香料，會把香料帶回巢穴存放。印度人在旅途中幾次差點喪命，本來想放棄傳說中的香料。然而，他憑著一股對咖哩的熱忱，鼓起勇氣往山區前進。終於，他在孟加拉虎的巢穴中找到傳說中的香料，拖著半條命回到自家餐廳。印度人用傳說中的香料，調製出一道全新口味的咖哩。

咖哩放入口中的那一瞬間，印度人愣住了。因爲完全不好吃，他自言自語地說了一句：

「竟然爲了那種咖哩（賭命）……」

這是我中學一年級編出來的故事，我從頭到尾回想了一遍，覺得哪裡怪怪的。故事的標題是「爲了那種咖哩」，印度人最後說的應該是「這種咖哩」，而不是「那種咖哩」。用「那種咖哩」代表印度人沒有眞的吃到咖哩。

經過一番琢磨，我把故事修正了一下：

印度人的咖哩店旁邊，來了搶生意的尼泊爾人。尼泊爾人聽說印度人去找傳說中的香料，忍不住竊笑。事實上，尼泊爾人以前也有同樣的想法，而且也找到傳說中的香料。他知道傳說中的香料用來做咖哩根本不好吃。看到印度人辛苦做白工，尼泊爾人自言自語地說了一句：

「竟然爲了那種咖哩（賭命，眞蠢啊）……」

不對，再重新想一遍。新的故事應該用「那種香料」，而不是「那種咖哩」。尼泊爾人只知道香料的事，並不清楚印度人拿到香料以後，做出什麼樣的咖哩。不然，乾脆把故事改成這樣：孟加拉虎偷藏的不是傳說中的香料，而是傳說中的咖哩，如何？可是，這就變成老虎會做咖哩，豈不成了奇幻小說或童話故事？

想著想著，我不小心睡著了。

我父親很喜歡讀書，家中有大量的書籍，多到自己的房間放不下。那些放不下的書都放到我和哥哥的房間。因此，我房間有好幾座父親的書架，上面有杜斯妥也夫斯基、海明威、志賀直哉、安部公房等名家小說。小時候的我對那些作家並不熟悉，也沒有從小閱讀那些書。所有書本就只是放在我的房間罷了。

父親的書在我房裡蒙上一層厚厚的灰塵，但那麼多書放在每日起居的寢室，本身就有某種程度的意義。托爾斯泰的《安娜．卡列尼娜》，擺放的位置剛好跟我的枕頭一樣高，多年來，我熄燈前看到的都是那一本。

晚上睡不著的時候，我偶爾會想像那本書的故事內容。首先，假設「安娜」是女孩子的名字，那麼「卡列尼娜」意味著什麼呢？日文的「卡列」和「咖哩」同音，我花了一年多才聯想到那個咖哩的故事。我又想了好幾個安娜和咖哩的故事。

當時，我還用《安娜．卡列尼娜》的書名想出了一個大長篇，故事講述安娜去印度尋找傳說中的「活咖哩」。整趟旅程的最後，安娜找到了「活咖哩」。「活咖哩」攻擊安娜，把她一口吞下肚子，安娜也變成了咖哩。換句話說，書名背後的涵義是「安娜，咖哩泥吶」。

在日文中，安娜也不一定要當成人名，當作代名詞「那種、那樣」（譯註：音同ANNA），完整的故事內容也就呼之欲出了。

就這樣，我用諧音聯想的方式，想出了好幾個咖哩的故事。印度人和孟加拉虎的故事就是那樣誕生的。想好以後，我會推敲故事本身合不合理、標題恰不恰當。有時候花好幾個晚上想出來的故事，也會被我自己推翻。

想出了印度人和尼泊爾人的故事後，我就不再用《安娜．卡列尼娜》玩聯想遊戲了。不可思議的是，開始閱讀小說以後，我也沒法再像以前那樣天馬行空。

中學二年級的某一天，益智問答研究社舉辦社團比賽，其中一個題目是「幸福的家庭無不相似，不幸的家庭各有不幸。請問這是哪一部——」高橋前輩搶先說出答案，當年我答不出來這題，但也知道是托爾斯泰的作品。

「虧你知道那是托爾斯泰的作品。」高橋前輩還稱讚我博學。

那天我回到家，拿起《安娜．卡列尼娜》閱讀。

幸福的家庭無不相似，不幸的家庭各有不幸——當我看到這句名言，實在難掩興奮。原來益智問答的題材，一直在我的枕頭旁邊。

我躺在床上，享受著被益智問答圍繞的感覺。

對於這個世界我眞是一無所知，原來床邊就有我不知道的謎題。謎題就在伸手可及的範圍內，我躺的這張彈簧床是誰發明的呢？枕頭是哪個時代發明出來的？又是哪個國家發明的？追本溯源，床鋪一詞又是源自什麼詞彙？《安娜．卡列尼娜》的旁邊，還放了一本《戰爭與和平》，這又是什麼故事呢？

我閉上眼睛，裡裡外外充斥著無數未知的謎題。

「又是一次驚人的搶答。三島選手，您已經領先兩分了，今天狀態不錯呢。」

主持人丟話給我，他知道我這種人上電視講不出有趣的答案，所以準備了比較好回答的問題，而不問我是怎麼答對的。

「是啊，我今天狀態絕佳。」我回答。

主持人改對本庄絆搭話：

「本庄選手，您也有按下搶答鈕，想必也知道答案囉？」

「當然。我現在的心境，就好像失去安娜的卡列寧。」本庄絆回答。

主持人反問這句話是什麼意思，本庄絆解釋他是引用《安娜．卡列尼娜》的情節，簡單說就是「非常不甘心的意思」。

全場觀眾情緒沸騰。

且不論本庄絆的益智問答實力如何，至少他身爲電視明星，本事是貨眞價實的。他知道如何帶動現場氣氛，也知道觀眾想聽什麼，擅長留下經典的橋段。他會在不影響節目進程的範圍內，說出一些刺激收視率的話。所有的一切他都算到了，回覆也非常得體。我絕對沒辦法在短時間內想出這麼棒的答覆。

當時我根本沒聽本庄絆說什麼，我對《安娜．卡列尼娜》這題有特殊的情感，答對這題讓我很興奮，甚至有些得意。投身益智問答十二年，這題我答對很多次。多虧父親把托爾斯泰的書放我房間，我才能答對這一題。

「那好，進行下個題目。」主持人說完這句話，會場又安靜下來。

「題目——」播報員開始念題目，我注意力都放在準備搶答的右手。

「請回答全名，一九一五年憑藉X射線——」

我完全反應不過來，被本庄絆搶奪先機。

本庄絆按下搶答鈕後，在他答題前的這段時間，我發現這題的答案有兩個選擇。剛才播報員透露了三個情報，第一是要回答全名，再來是一九一五年和X射線。換句話說，答案是人名，而且又提到年代和物理學術語，代表應該和諾貝爾獎得主有關吧。我在參加這場大賽之前，有特地預習歷屆諾貝爾獎得主。這是本庄絆擅長的問題，我猜製作單位一定會出類似的題目。

一九一五年憑藉X射線的研究獲得諾貝爾獎的，總共有兩個人。分別是亨利．布拉格和羅倫斯．布拉格這對父子。光靠前面這些資訊，無法判斷哪一人才是正確答案。

「威廉．羅倫斯．布拉格。」

本庄絆猶豫了一會才說出答案，他憂心忡忡地盯著攝影機，可能沒什麼信心吧。奇怪的是，如果他眞的沒自信，又怎會說出多餘的中間名呢？

現場響起了答對的鈴聲，觀眾也發出驚呼。比賽進行到現在，底下觀眾獻上了最熱烈的鼓掌聲。觀眾席上有很多本庄絆的粉絲，但這不是掌聲如雷的唯一理由。最主要的原因是，他搶答的速度之快，就像在賭一把。

二比一，本庄絆追上來了。

這題沒搶下來我也看開了。布拉格父子是憑藉同樣的功績拿下諾貝爾物理學獎，這題要聽到「父親」或「兒子」這幾個字眼，才能知道確切的答案。假如題目問的是，跟父親一起得到諾貝爾獎的人，那麼答案就是兒子；反之，若是跟兒子一起得獎的人，那麼答案就是父親。羅倫斯．布拉格是兒子，也是當時最年輕的諾貝爾獎得主，因此正確答案是兒子的機率比較高，差不多是六四比吧。本庄絆賭贏了勝算六成的選項，而我暫時領先，不需要冒這麼大的風險。

「題目：請回答全名，一九一五年憑藉X射線分析晶體結構的研究，跟父親一起拿下諾貝爾獎的英國物理學家是誰？答案：羅倫斯．布拉格。」

本庄絆締造過不少傳說，其中一項就是答出所有諾貝爾文學獎的得主。

那是《第三屆智能超人決定戰》的事。製作單位出了一道題目，要求參賽者在十五分鐘之內，盡可能寫下所有的諾貝爾文學獎得主。本庄絆全部寫完，還剩下三分鐘的時間。

我在社群網路看過節目的截圖，也很佩服他的記憶力。我試著想像自己能寫出多少諾貝爾文學獎得主。差不多六十多人吧，最多不超過七十人。我完全無法理解，他是如何在十幾分鐘內，寫出上百個諾貝爾文學獎得主。

關於這個問題，我請教過另一位益智問答玩家山田貴樹。他是我國高中時的學弟，也參加益智問答研究社。《第三屆智能超人決定戰》他有出賽，還被製作單位賦予「東大第一」的稱號，可惜輸給了本庄絆。

「我是在正式比賽的前一天，才收到參賽邀請。」

山田是這麼描述那場比賽的。據說，有參賽者在比賽前才宣布退出，製作單位的人拚命尋找代打。這件事他是從中塚先生那裡聽來的。

中塚先生是京大醫學系的益智問答玩家，參加了前三屆的《智能超人決定戰》。

「所以你才臨時決定參賽？」我問山田。

「對啊，反正我閒著也是閒著。當天傍晚就跟中塚先生一起去電視台，跟一個叫坂田什麼的總監見面——那個人的全名我忘了。總之包含我在內，有六個人一起開會。坂田先生跟我說隔天下午一點就要比賽，真的滿倉促的。」

「他們有說明節目內容嗎？」

「是有類似企畫書的東西啦，但記載的多半是主持人和播報員的姓名，還有入場時間和攝影棚的位置。整份企畫書都這樣，沒寫什麼詳細的內容。坂田先生問我有沒有看過《智能超人決定戰》的節目，我說有，他跟我說正式比賽差不多就是那種感覺。」

「你們還聊了什麼？」

「他說電視節目這種東西，每個參賽者都需要一個頭銜。他就問我有沒有什麼特殊的稱號或特長之類的，我想了好久，總算想到以前高中的時候，有拿到益智問答公開賽的亞軍。然後念小學的時候，籃球也打入縣內的選拔賽。坂田先生說那些頭銜不太夠力。」

「我有看節目，你被冠上『東大第一』的稱號耶。」

「對，我在意的就是這個。製作單位替我想了好幾個稱號，我跟坂田先生說過，我的畢業論文拿過一等獎。這個獎項是學院內部頒發的，主要是獎勵那些認眞寫論文的畢業生和研究生，得獎的也不只我一個。當然，得獎是一件很光榮的事，但不代表我是第一啊。我在校期間成績又不算頂尖。」

「原來如此。」

「再說了，哪有什麼第一這回事。就我所知，東大根本沒這種頭銜。畢業典禮上台致詞的學生，頂多被稱爲總代表，那也不知道是用什麼標準選出來的。更何況，不同科系的學生要怎麼比較成績？拿來比根本沒意義嘛。」

「你這樣講也對。」

「錄影那天我拿到腳本，發現自己多了『東大第一』的丟人稱號。我直接向坂田先生抗議，叫他改掉這種騙人的稱號。他只說會再想一想，也沒答應我要改。聽說啊，臨時宣布退出的參賽者，就是受不了製作單位給的頭銜才退出的。那個人的頭銜好像是『智商兩百的天才』吧。事實上，他只是小學做智力測驗，拿到全班第一而已。」

「你沒參加後來的比賽，也是這個原因？」

「算是最主要的原因吧。到頭來，節目播出時我的頭銜一樣是『東大第一』。害我有一陣子都被朋友笑。」

「原來還有這種事。」

順帶一提，本庄絆當時的頭銜是「史上最年輕的合格會計師」。本庄絆高一的時候就考到會計師資格，也就是十六歲就考上了會計師。

「後來我就不敢再上電視了。《Q1益智問答大賽》和《超人特輯》的工作人員，邀請我以種子選手身分參加選拔，我怕又被冠上奇怪的稱號，就拒絕了。」

「我僥倖打進決賽，也是你沒出賽的關係吧。」

「沒這回事。就算我出賽，你一定也能挺進決賽啦。」

於是我換了話題。我問山田，他參加的那場《智能超人決定戰》有一個非常知名的橋段，到底那是眞的還假的？

「你是說，本庄答出所有諾貝爾文學獎得主的橋段？」

「對。那題你也答出了五十七位得主，你眞的記得那麼多啊？」

「沒有。其實在錄影的前一天晚上，製作單位傳給我們每個人一則簡訊，大意是比賽當天會有關於諾貝爾文學獎的題目。所以我利用睡前和隔天早上的時間背了一些人名。」

「是這樣喔。」

「不管怎麼說，本庄確實是怪物。」山田接著說下去：

「我好歹也是益智問答玩家，本來就知道四十多位諾貝爾文學獎得主，真正另外背的也才二十多人。那時候本庄應該還沒有認真研究益智問答，純粹是聰明絕頂才被找來上節目，他一定是從頭背。一個晚上就背下上百個人名耶，我的記憶力也算不差，但絕對沒有那種水準。」

「依你看，有作假的可能嗎？」

「你問我是不是作假喔……我很難判斷耶，應該遊走在灰色地帶吧。不過，我們所有人都有收到簡訊，至少機會是公平啦。工作人員在現場也沒告訴本庄答案，人名應該真的是他辛苦背下來的。」

「原來如此。對了，你對本庄有什麼印象？」

「這個喔……錄完節目以後，他還特地跑來跟我道謝。也不是只跟我道謝，每個參賽者和工作人員他都有道謝。老實說我滿佩服他的，一個媒體寵兒在螢光幕之外，竟然願意做這樣的事。」

聽了山田的說法，我對本庄絆稍微有一點認識了。

本庄絆會完美演出別人賦予他的角色。

製作單位事先告知要考諾貝爾文學獎得主，他就努力記下所有得獎者。在節目上被賦予「超人」的稱號，他就徹底扮演一個超人。現在人們給他「在腦海中保存全世界」的稱號，說不定他真的想以一人之力網羅大千世界。

我總覺得，自己多少摸清本庄絆的底蘊了。

再來就是第四題了，我深呼吸抖抖肩膀。當我的對手幸運答對沒把握的題目時，我都會做這樣的動作。因爲我很清楚，沒搶下那種題目很容易喪失平常心。對方純粹是運氣好，我並沒有失誤。同樣的事情發生一百次，我也不會失去冷靜。我不介意讓本庄絆去賭，哪怕他賭一百次都贏也無所謂。我的判斷是正確的，沒必要改變做法。我在腦海裡不斷勸自己保持冷靜，活像在唸咒。

「本庄選手搶答的速度眞快，您是怎麼猜出正確答案的？」主持人問道。

「一開始我聽到一九一五年的時候，就知道那一年沒有什麼歷史性的大事可以拿來當成益智問答。前一年一九一四年倒是有不少，一九一五年頂多只有『對華二十一條要求』。因此，題目跟諾貝爾獎有關的可能性不小。只要讓我再多聽到一個詞彙，我就敢搶答了。所有諾貝爾獎項的得主、得獎年分、國籍、得獎理由我都背下來了。一九一五年沒有生理學、醫學、和平獎得主，經濟學獎也尚未設立。那一年的得獎者只有四個人，分別是化學獎的里夏德．維爾施泰特，文學獎的羅曼．羅蘭，以及物理學獎的布拉格父子。後來播報員唸出『X射線』，我就猜想答案一定是布拉格父子其中一人。」

「那您怎麼知道答案是兒子？」

「羅倫斯．布拉格是當時最年輕的諾貝爾獎得主，我也是最年輕的合格會計師，對這個人一直有股親切感。」

「原來如此，天才之間惺惺相惜就對了。」主持人結束話題。我聽了本庄絆的答覆深感佩服，但依舊認爲那是危險的賭注。他說自己答題的根據來自於親切感，我可不會用這種理由來作答。當然，本庄絆也許另有依據，說這些話純粹是娛樂效果。應該說，如果比賽作假，他根本不需要依據。

主持人低下頭，攝影棚的每個人都準備好要聽下一題。我把右手放在搶答鈕上，緩緩閉上眼睛。

「題目——」我隨著播報員的朗讀聲張開眼睛。

「哪一座山的登山道只有六階，高度——」

我用力按下按鈕，敲擊聲大作。

奇怪的是，敲擊聲跟我按下按鈕的時機並不合拍。

我緊張地確認四周，果然本庄絆的搶答燈號亮了。我知道答案，卻搶輸對手。

「天保山。」本庄絆以清亮的聲音說出答案，似乎非常有信心。

結果現場響起答錯的音效，觀眾也發出了嘆息。

本庄絆答錯了，我反而很佩服他。他真的把全世界保存在腦海裡，才會答錯這一題。像我這種專門研究比賽題目的人，不可能答錯這題。

比數仍然是二比一，每個選手最多只能答錯兩題，本庄絆開場就答錯一題了。比賽的進展對我有利——這是我當時在場上的盤算。

「題目：哪一座山的登山道只有六階，高度才三公尺，位置在仙台市，號稱全日本最矮小的山？答案：日和山。」

二〇一一年三月十一日，那天本庄絆在山形縣鶴岡市。

「家父是生技研究員，當年轉調鶴岡市的研究所。」

這是本庄絆的弟弟本庄裕翔親口告訴我的。那時他還是小學生，本庄絆已經念國中了。他們在鶴岡市一直住到二〇一二年，也就是父親的任期結束爲止。

本庄裕翔是知書達禮的好青年，體格比本庄絆高大，大概是有練柔道的關係吧。兄弟倆長得不太像，頂多只有挺拔的鼻梁和高眺的身材比較神似。本庄裕翔想考國立的醫學系，每天放學忙完社團都去補習班報到。

「我大哥考上理三，我沒他聰明，每天都念得很拚。」本庄裕翔說的理三，是指東大理組第三類，對那些想念醫學系的人來說，是全日本最難考的第一志願。本庄絆應屆考上了東大理三。

「東日本大地震爆發的時候，我們全家人都在山形，但鶴岡市位在日本海那一側，也沒碰上海嘯或核災。頂多就是櫥櫃倒塌、冰箱移位罷了。不過，我父親是仙台出身，很多親戚都蒙受災害，我記得整個家族也慌亂了好一陣子。」

「那你哥哥呢？有什麼特別的經驗嗎？」

「這個嘛。」本庄裕翔雙手抱胸，起初還有些顧慮，最後還是決定據實以告。因爲本庄絆自己也坦承過那段經歷。

「到底發生過什麼事？」

「我哥在地震發生的前半年，不肯去學校上課。好像在學校被霸凌得很嚴重，至於他是怎麼被霸凌的，我也不是很清楚。」

「原來是這樣啊。」

「我哥接受某家雜誌社採訪時，也說過那段經歷。你去找來看的話，應該會知道更詳細的訊息。經歷過霸凌以後，我哥的個性也變了很多。」

「怎麼說呢？」

「本來他是很開朗的人，也算是學校的風雲人物。小學時還當過兒童會長，更是當地足球俱樂部的隊長。讀書運動無一不精，又長得好看，也很受女生歡迎。可是，被霸凌以後，他在家裡就不太說話了。整天關在房間，看一大堆從圖書館借回來的圖鑑和書本。也不知道在想什麼，父母很擔心他的狀況，也帶他去找心理諮商師，可惜情況還是沒有好轉。」

「被霸凌的原因是什麼呢？」

「聽說也不是什麼大不了的事。一開始有同學跟高年級的起爭執，拜託我哥幫忙居中調解，我哥不願意蹚渾水，被講得很難聽，說他沒種之類的。後來全班同學都不理他，這些事也不是我哥親口告訴我的，我也是看雜誌採訪才知道。」

本庄裕翔說的雜誌叫《電視粉絲》，有一期專門做益智問答節目特輯，其中就有本庄絆的訪談內容。

本庄絆剛升上國中沒多久，同學和學長爆發了衝突，起因是雙方爭奪午休時間的操場使用權。學長跟本庄絆就讀同一間小學，兩人也待過同一個足球俱樂部。本庄絆並沒有涉入操場使用權的糾紛，但朋友請他勸勸學長，希望學長遵守校內的約定俗成，每個禮拜讓一年級生使用操場兩天也好。本庄絆拒絕幫忙，認爲這件事應該找老師來仲裁。這就是霸凌的起因，眞的是有夠無聊的原因。

沒想到霸凌越來越嚴重，不但全班同學無視本庄絆，還逼他跳河，或是去超市偷東西。本庄絆不肯就範，霸凌手段就更加殘酷，最後只好乖乖聽話。到了下學期他乾脆不去上學。白天就去圖書館借閱書籍來看，有什麼看什麼，一直埋首書堆。他的父親看不下去，要他隨便去考個證照也好，買了氣象預報員和會計師的考題給他。本庄絆國中二年級就考到氣象預報員的資格，會計師資格則是高一考到的。

「震災過後，我哥又去學校上課了。也不知道他的心境有什麼轉變，總之在我們隔年搬回東京之前，他都沒請過假。那時霸凌似乎也沒以前嚴重了。」

「他跟那些霸凌者的關係改善了嗎？」

「好像是，去年底我哥還回鶴岡市參加國中同學會呢。以前被欺負得那麼慘，我眞不懂他爲什麼還想回去。三島先生，你能理解嗎？」本庄裕翔反問我。

「我也不懂。但看似矛盾的行爲背後，還是有些合理之處。」我回答。

「怎麼說呢？」

「我不是本庄絆，當然不了解他眞正的想法。不過，或許他是回去報復的吧。」

「報復？」

「你大哥回東京後，考上東大醫學系，也成了家喻戶曉的電視明星。現在享有無數觀眾的支持，推特帳號少說也有五十萬追蹤者。或許他是想讓那些霸凌者看看自己現在過得有多風光吧。」

「我哥會有那種正常人的情感嗎？」

「這我就不敢肯定了。」我回答本庄裕翔，我是眞的不知道。如果我自己有過同樣的遭遇，會想報復也不足爲奇吧。讓那些霸凌者看自己現在的功成名就，用努力建立的名聲和地位，讓霸凌者明白他們有多微不足道。藉此證明自己才是正確的，然後寬宏大量地跟他們一起拍照，送他們簽名。表面上展現自己的度量，內心依舊鄙視那些人——這是我個人的猜想。

「如果你知道我大哥在哪裡，麻煩跟我說一下。《Q1益智問答大賽》結束後，他就不太常回家了。」臨走前，本庄裕翔對我提出了請求。

「不太常回家？」

「好幾天才回來一趟，而且都是我去上學的時候才回來。我媽也不知道他在幹麼，滿擔心的。」本庄裕翔說道。

東日本大地震發生的那一天，我在學校研究益智問答。那一年我才高一，「abc益智問答大賽」就快到了，我每天都在做準備。所謂的abc益智問答大賽，是爲大學四年級以下的學生召開的短文搶答比賽，舉凡出場人數、比賽規模，還有優勝後享有的名聲，都是益智問答界的最高峰。就好像運動員眼中的奧林匹克吧，對許多在學的益智問答玩家來說，在這個比賽留下好成績也是一大目標。

前輩給我的好幾本題庫，全都解完了。我們還跟其他學校的益智問答研究社，互相交換情報和可靠的題庫。

那一天，某個學弟拿到一本新的短文題庫，大家都在研究當中的題目。我永遠記得地震發生的那一刻，我們剛好研究到哪一題，一字一句記得清清楚楚。

「題目：日本最高的山脈是富士山。相對地，位於大阪市港區的哪一座山，號稱是日本最矮小的山？」

其他人搶答速度沒我快，我搶下了答題的權利。但我沒有說出答案，因爲就在我按下搶答鈕的同時，地面劇烈搖晃。放在桌上的搶答鈕，燈還亮著就被震到地上。記錄比分的白板也差點倒下，幸虧朗讀題目的社員趕緊扶住。我趴在地上抓著桌腳，等待地震平息。

那時學校正好放溫書假，校舍裡也沒多少學生。老師們在校內四處巡邏，查看校內有沒有異常、學生有沒有受傷。到校生全都聽從指示到體育館集合，等確定安全無虞才能回家。電車停駛，聯絡不到家長的學生可以直接住在學校。我念的是東京的學校，走了好幾個小時再轉搭公車，才回到千葉的老家。等我到家都晚上八點了，哥哥和母親都在家中，父親還在回家的路上。所幸家裡沒出什麼事，只摔碎了幾個碗盤。

電視上播出海嘯引發火災的畫面，還有人拍到一群可憐的群眾躲在半山腰上，看著城鎮被海嘯吞沒而哭號。我不敢相信那是現實生活中發生的事情。

就寢前，我想起地震發生時正要回答的題目。大阪市港區有一座天保山，號稱日本最矮小的山。

換句話說，在地震發生之前，本庄絆回答的「天保山」的確是正確答案。

過了三年，另一場公開賽在兩國舉行，決賽時也出了同樣的題目。

「題目：日本最高的山脈是富士山。相對地，二〇一四年四月，國土地理院公

布全日本最丏——」

這題也是我先搶答。這種對比式題型很有名，後半段的對比標的才是題目主體。既然開頭提到「全日本最高的山脈」，後面通常是問「全球最高的山脈（聖母峰）」或「日本第二高的山脈（北岳）」。

這題我用了「先押後聽」的技巧。所謂的先押後聽，就是利用搶答燈號亮起後，出題者還來不及中斷朗讀的那段時間進行預判。在不曉得答案的情況下率先搶答，仔細聆聽出題者來不及停下的那個字是什麼。

我在聽到「全日本最」這幾個字的時候，就知道下個字必定是答題的關鍵。出題者發出了「**丏**」的聲音。也就是說，接下來會問「全日本最矮小的山是哪一座」。開頭先說「全日本最高的山」，最後以「全日本最矮小的山」總結。我不曉得國土地理院有沒有認證天保山是全日本最矮的山，總之答案是「天保山」沒錯。

「答案是天保山。」

我說出了地震那天無緣說出來的答案，心想這一定是命運的安排。

不料，現場響起了答錯的聲音。

「題目：日本最高的山脈是富士山。相對地，二〇一四年四月，國土地理院公布全日本最矮小的山，位於宮城縣仙台市宮城野區的山叫什麼？答案：日和山。」

因爲答錯那題，當年我沒有拿下大賽的優勝。

回程路上，我查閱日和山的相關訊息。東日本大地震爆發後地盤下陷，日和山的高度變得比天保山還要矮。天保山成了全日本第二矮小的山，只是我不知道罷了。這也太諷刺了，我在地震那天無緣說出來的問題，竟然在震災後換了一個新的答案。

答錯歸答錯，我卻有一種難以言喻的充實感。

我感覺到——益智問答是有生命的。益智問答的範圍涵蓋全世界，世界會不斷變化，益智問答也在不斷變化。

所以，我很清楚本庄絆答錯的原因，我也犯過同樣的錯誤。事實上，日本最矮小的山，直到幾年前都還是天保山。

本庄絆是半路出家的益智問答玩家，他腦海中的全球資訊並沒有更新。知識這種東西不會自動更新，很多論述可能過一段時間就被推翻，進而產生新的論述。科學家的研究成果會重新定義物體的性質，也沒有永遠解不開的數學問題。某地區的人民獨立建國後，世界上就多出一個新的國家。原本的小市鎮合併起來，也可能成爲全日本最大的市鎮。世界在不斷地變化，益智問答也會改變。多次的益智問答比賽讓我體認到這一點。

畫面拍出本庄絆非常意外的表情，我看著本庄絆，想起那天比賽結束，我和富塚先生搭計程車回家的經過。我告訴富塚先生，一開始我不認爲本庄絆作弊。整場比賽除了最後一題，我都沒懷疑過作假的可能性。本庄絆答錯題目就是其中一個依據。事先知道答案的人，怎麼會自信滿滿地說出錯誤的答案呢？又怎麼會在知道答錯以後，露出如此詫異的表情呢？天保山這題在我看來，本庄絆的反應眞實到不像作弊。

我試著想像本庄絆二〇一一年的心境。

那年他的校園生活形同地獄，他躲在房間裡與世隔絕，忍受悲怒交加的情緒。但他依舊想了解這個世界，還去圖書館借書來看，試圖在腦海中建立另一個世界。或許，他就是在那時候吸收到天保山的資訊吧。從圖書館借回來的某本書上，可能記載天保山是日本最矮小的山。

那場地震，讓本庄絆的內在產生了某種變化。我不曉得那是什麼變化，總之本庄絆決定離開房間。在山形縣的一切經歷，肯定對本庄絆這個益智問答玩家的人生有重大的影響。

說到山形縣我又想起一件事，「媽媽，是小野寺洗衣公司喔」是山形縣知名的連鎖洗衣店。既然他以前住在山形縣，那麼會知道這家公司也就不足爲奇了。

現在我明白，他是怎麼知道那家洗衣公司了。

當然，關於最後一題的謎團我尚未解開，但也算有進展了。

益智問答有所謂的「確信關鍵」——不，正確來說，這是玩家之間才有的共識。

確信關鍵，就是題目中隱藏的關鍵線索，可以讓玩家推敲出答案。在出題之前，答案有無限的可能性。出題者唸出來的字數越多，可能性就縮得越小。而在某個特定的時機，玩家能推算出正確的可能。

假設有一道題目是「加文·萊爾的哪部冷硬派小說，標題意味著任務期限『十二點〇一分』？」那麼在「標題意味著任務期限『十二點〇一分』」這句話出現時，就能知道答案肯定是《深夜 Plus One》。

當然，萬事萬物都是益智問答的出題對象，除了《深夜 Plus One》以外，說不定其他作品的標題也有同樣的意涵。眞的要嚴謹推算題目的答案，還是得聽完全文才行。但實際上益智問答就是給人解答的，所以題目中的某個部分，一定有確信關鍵（現實中的益智問答必定有此關鍵）。

益智問答玩家的基本戰術，就是在「確信關鍵」出現時搶答，並說出正確答案。玩家必須有足夠的知識量，才能精確分析確信關鍵的所在，進而推敲出正確答案。只要你有別人不具備的知識，就會比別人更快知道答案。

好比剛才那一題：「哪一座山的登山道只有六階，高度才三公尺，位置在仙台市，號稱全日本最矮小的山？」其實在「登山道只有六階」這句話出現時，就幾乎猜得出答案了。登山道只有六階，拿來出題又不會過於冷門，答案只剩下日和山。不過，我並不曉得日和山的登山道只有六階。我猜想這題應該會問很矮的山，所以想等下個訊息出來再搶答。結果本庄絆搶先答題（但最後答錯了）。

在我的觀念裡，「完美的搶答」就是在確信答案的瞬間按下搶答鈕，以百分之百的信心說出正確答案。相信大部分的益智問答玩家，也會同意我的美學。

「三島先生，您運氣不錯喔。」

主持人對我說。主持人不是益智問答玩家，會這樣想也情有可原。那一刻我並不認爲自己幸運，本來這題就是我該拿下的。當下我在意的是，搶答的速度輸給本庄絆。

「是啊。」我的答覆一樣簡短又無趣。

現在回想起來，我當下應該解釋本庄絆答錯的原因才對。他回答的天保山其實是日本第二矮小的山，要不是東日本大地震的關係，天保山確實是全日本最矮小的山——這樣講豈不是皆大歡喜？至少觀眾會了解本庄絆答錯的眞正原因。

「本庄選手，您這題答錯了，要說一下現在的心情嗎？」主持人又把話題帶到本庄絆身上。

本庄絆沉默片刻，說道：

「一九九四年美國世界盃足球賽中，羅貝托．巴吉歐是義大利隊的王牌選手，卻不幸在決賽的ＰＫ中失利。他說『只有夠膽ＰＫ的人，才會在ＰＫ中失利』。換句話說，只有夠膽回答問題的人，才會答錯問題。」

「眞是一針見血呢。」主持人表示讚賞。本庄絆卻說，他只是心有不甘。

畫面上的我啞口無言，那一刻我記得很清楚。本庄絆在現場直播侃侃而談，把自己的失誤轉化成幽默風趣的知識和笑料，而我在一旁瞠目結舌。這也讓我再次體認到，我跟他是活在不同世界的人。

「好，那我們看下一題。」主持人也被他逗笑了。

「題目——」

我調適心情仔細聆聽題目。我不是本庄絆，帶動節目氣氛不是我的工作。答對題目才是我該做的事。

「平安時代，山城國刀匠——」

我率先按下搶答鈕，燈號也亮起來了，本庄絆倒是毫無反應。

接下來我會說出正確答案——我有百分之百的信心，深信自己一定會答對。

我一聽到「平安時代，山城國刀匠——」這幾個字，馬上就知道可能的答案只有兩個。一個是名刀「三日月宗近」，另一個是打造出三日月宗近的「三條宗近」。我在聽到「刀」字的瞬間就按下搶答鈕了。

題目是「平安時代，山城國刀匠」，那麼下面應該會問那位刀匠打造出什麼刀。這題不是在問刀匠的姓名，而是在問名刀吧。

我氣定神閒，還有多餘的心力思考這些事情。

「三日月宗近。」

我信心滿滿地說出答案，沒有一絲猶豫。百分之百是正確答案。

叮咚，現場響起了答對的鈴聲。拍手聲也不小，可能部分觀眾也看出我的搶答技巧高超吧。

三比一，我的領先又擴大了。

「題目：平安時代，山城國刀匠鍛造的哪一口名刀，被德川幕府代代收藏，甚至被指定爲國寶，享有天下五劍的美名？答案：三日月宗近。」

拜益智問答所賜，我曾經享受過一段情緣。

某天，大學同學飯島約我在下北澤的居酒屋碰面。我一到場，除了飯島以外還有不認識的女孩子。女孩一看到我，便大聲驚呼「眞的是他耶」。

「就跟妳說了吧？」

飯島點頭回應女孩，他已經喝了不少酒，臉都紅了。

「這是怎麼一回事？」我反問飯島。

「沒有啦。這傢伙說她喜歡看《百人對決》的節目，我就告訴她，我有一個朋友上了《百人對決》。她好像也看過你出場的集數，想見你一面。」

《百人對決》也是益智問答節目，內容是找來益智問答高手，對決一百個不擅長益智問答的外行人。益智問答研究社有推薦我去上節目，可惜結果不怎麼樣，我在決賽前就被淘汰了。

飯島的女性朋友問了我很多節目的問題，好比擔任主持人的演員、攝影的流程等。我跟那位演員生長於同一地區，在休息室有小聊一會，錄影前還吃到燒肉便當。大致的經歷我都說了。

過了三十分鐘左右，女孩的朋友也來了，兩人好像是高中同學。新來的女孩子名叫桐崎，念的是專校。

桐崎顯得不太自在，整場飯局都不太說話，頂多就是點頭陪笑。

我們四個人一起吃吃喝喝，直到電車快沒了才散會。桐崎回去的方向跟我一樣，我們一起在小田急線的月台等車。

一個女孩子被找去參加飯局，幾乎都是不認識的人，沒交到朋友就回去，老實說有點可憐。所以，我問她有沒有什麼興趣。

多虧我有玩益智問答，才敢問這樣的問題。因爲不管她有什麼興趣，我幾乎都略知一二。

「我說了，你大概也不會懂吧……」

桐崎靦腆地低下頭。

「我懂的還不少，任何話題我都跟得上喔。」我說。

我也不知道自己當初爲什麼會那樣講，可能是喝醉的關係，有點不服氣吧。那時我才大學二年級，那年拿下了七場公開賽的冠軍，多少有些傲慢。我認爲自己是全天下最厲害的益智問答玩家，這世上沒有我聊不下去的話題。

「……我喜歡日本刀。」

桐崎悄聲說出自己的興趣，我問她是不是喜歡三日月宗近那些名刀？

「對！你怎麼知道三日月宗近？」

桐崎的嗓音突然變得很嘹亮，我嚇了一跳：

「童子切安綱、鬼丸國綱、大典太光世、數珠丸恒次，再加上三日月宗近，合稱『天下五劍』。」

「你也聽過數珠丸？」

「沒錯，我有在玩益智問答，所以特地去吸收那些知識。」

「那你還知道其他日本刀嗎？全都告訴我吧！」

我在回程的電車上，把所知的日本刀知識都說了。日本刀有很多種類，包括太刀、刀、脇差、短刀等。多數太刀長逾兩尺，大太刀甚至到三尺以上，不足兩尺的稱爲小太刀。現在一般人都把有弧度的太刀稱爲日本刀，那是承平天慶之亂以後才問世的刀種。

桐崎就快下車了，但她依依不捨地說，還想多知道一點日本刀的知識。我鼓起勇氣打聽她的聯絡方法，日後也常約她碰面。

約會三四次以後，我們就正式交往了。她稱呼我「小百科」（因爲我之前說自己任何事都略知一二，很能聊）。

交往一個多月左右，她跟我說，她很喜歡玩一款叫「刀劍亂舞」的遊戲。

「妳是說，把日本刀擬人化的遊戲？」我反問。

「對。我們初次見面那天，我不是跟你說，我很喜歡日本刀嗎？其實指的是『刀劍亂舞』啦。」

「原來是這樣啊。」

「我怕被當成阿宅，不好意思說。」

「沒什麼好害羞的啊，我也是喜歡益智問答的阿宅。」

「我身邊沒其他人玩那款遊戲，難得碰到一個懂刀劍的人，眞的好開心。那天我的反應一定不夠莊重。」

「妳別看我講得頭頭是道，其實也是不懂裝懂。那全都是益智問答的知識，我根本沒看過那些刀劍。」

「那要不要實際去見識一下？」桐崎提議一起去東京國立博物館欣賞三日月宗近和童子切安綱。

之後我們也常去博物館和美術館約會，我負責解說知識，她也聽得開心。爲了勾起她的興趣，每次約會前我都會先做功課（這些知識對我日後參加比賽也有幫助）。

本來我只懂一堆比賽才用得到的知識，跟她交往後，我們實際去看了各種美術品、繪畫、雕刻、建築物。我們趁大學放暑假，去義大利、法國、西班牙玩了兩個禮拜，還約好下次要一起去希臘。

在她的陪伴下，那些死的知識終於跟現實世界產生連結了。

剛才那一題我答得太漂亮了。在確定答案的瞬間，以最快的速度按下搶答鈕，信心十足地說出答案。這才是我堅持的獲勝哲學。

「三島選手，您是不是很懂日本刀？」主持人問我。

「三日月宗近就收藏在東京國立博物館，我去看過。」這是我的答覆，雖然比不上本庄絆機智風趣，但也不算差。我解釋自己百分之百能答對的原因，也讓觀眾知道三日月宗近收藏在東京國立博物館。更重要的是，我說出了自己的人生經歷，現在依然記得很清楚，我跟桐崎一起去博物館欣賞三日月宗近。

「本庄選手，這題您似乎沒反應，這是很困難的題目嗎？」

「三島選手速度太快，我搶不過他。」本庄絆回答。

這題確實不容易，如果沒有桐崎——應該說，要不是她有玩刀劍亂舞——我也無法在第一時間搶答。

今天我狀況絕佳，運氣也不錯，因此我更加篤定。

這場比賽我贏定了。

玩益智問答的人，每幾年會遇到一次狀態絕佳的時候，而且通常都會贏。

「題目——」播報員又開始唸題目了。

「擁有絕佳畫技，還留下了國寶桃——」

我的搶答燈號亮了，我是在不自覺中按下搶答鈕。我的潛意識判斷這題我應該知道，擅自替我按下按鈕。狀態好的時候，偶爾會發生這種事情。

可怕的是，當下我根本不知道答案是什麼。

我回想剛才聽到的題目，値得注意的部分是「擁有絕佳畫技」這幾個字。那題完整的題目應該是「擁有絕佳畫技，還留下了國寶『○○』的人物是誰？」換句話說，這題考的是人名，那個人物有畫家以外的身分。

阿道夫．希特勒不安分地想衝出我口中，我壓下希特勒，這題跟你無關。沒錯，希特勒本來是畫家，最後成了獨裁者。但希特勒跟國寶沒有一絲一毫的關係。再說了，晚上七點播給全國觀眾欣賞的益智問答節目，也不該有這麼政治不正確的題目。

我想到黑田清輝，黑田清輝是知名的美術家，也擔任過貴族院的議員。問題是，黑田清輝的作品有被認定爲國寶嗎？他是明治和大正時代的人物，我記得那個時代的繪畫沒有被認定爲國寶。至於有哪一項國寶開頭是「桃」字，我也想不起來。總覺得我應該聽過，但又想不起黑田清輝的作品中，有沒有以桃字爲首的作品。

全場沉默帶給我很大的壓力，我的腦袋一片空白。

我抱著姑且一試的心情，說出了「**黑田清輝**」。因爲缺乏信心，聲音也不夠大。這應該不是正確答案，偏偏我又想不出更好的解答。與其乾等答題時間結束，不如亂槍打鳥好一點。從森羅萬象中隨便挑一個答案，也有剛好矇對的機會。

很遺憾，現場響起了答錯的特效聲。

正確答案是「徽宗」。

「啊～」我發出了恍然大悟的聲音。這題我知道，兩三年前我替電視節目製作益智問答的題庫時，就出過關於徽宗的題目。因此，我的潛意識才會認定我知道，只可惜我沒有想起來。

話雖如此，我也不後悔。玩益智問答難免會碰到這種事，想不起來就想不起來吧。這題我迅速按下搶答鈕，應該對自己的反射神經有信心才是。我的速度比本庄絆更快，而且我本來知道答案，沒想出來純粹是運氣不好罷了。

三比一，我領先的局面並未改變。

「題目：擁有絕佳畫技，還留下了國寶『桃鳩圖』等作品，在一一二七年靖康之亂被金國抓走的北宋末代皇帝是誰？答案：徽宗。」

益智問答玩久了，有些情感會慢慢淡化。

好比害臊。

假設你跟一個初次見面的女孩，炫耀自己的知識量很豐富，任何話題都略知一二。正常人事後回想起來，一定會羞赧到很想死的地步。但我不覺得這有什麼好丟臉的，我大概從國三開始，就放下羞恥心了。到了高中二年級的時候，羞恥心完全付之闕如。當然，這到底是好是壞就另當別論了。

國中三年級那一年，我正式投入益智問答也兩年多了。但我參加社團比賽、公開賽都沒有好成績。我筆試成績不錯，突破預賽並不困難。但晉級後比的是搶答和白板作答，我就發揮不了實力。

我對自己的實力有信心，也比其他社團成員認眞研究益智問答。我求勝心切，卻遲遲拿不出成果。

跟我同屆的中山，還有學弟山田，都在公開賽得名了。

有一次我參加其他學校舉辦的搶答比賽，輸得非常難看。高二的高橋社長帶我去吃東西，但我沒有食欲，一直喝免費的烏龍茶。

「社長，爲什麼我贏不了？」

「我知道你比誰都努力。」

高橋社長吃著漢堡排回答我。他說，光比知識量的話，同年齡的沒幾個人能贏我；某些領域的題目，他甚至懂得沒我多。

「我沒這麼厲害啦。」我嘴上謙虛，心裡想的是，在文學和運動的領域，我懂得確實比社長多。

高橋社長是我們社團最厲害的人，曾在高中公開賽中拿下冠軍，參加abc益智問答大賽也打進決賽。

「跟你說，益智問答比的不是知識量。」

吃完漢堡排，高橋社長放下刀叉說道。

「那不然是比什麼？」

「比誰擅長益智問答。」高橋社長回答。

「比誰擅長益智問答？」

「你是不是覺得，在大庭廣眾下答錯是很丟臉的事？」

「有嗎？」我不置可否，心裡卻已經認同高橋社長說的話了。原因我也很清楚，我第一次參加公開賽的時候，其中一題的答案是「健檢」，我卻講成了「ㄐㄧㄢˊㄐㄧㄢˋ」。出題者要我重唸一次，我發音還是不正確，被判失分。其他參賽者也嘲笑我，從那天起我就很害怕答錯。

「玲央，你搶答的速度太慢了。你都要百分之百確定才肯搶答，這要怎麼贏呢？」

「的確，我好像一直輸在搶答的速度。」

「答對沒有人知道的題目確實是很痛快、很爽的一件事，但光靠這樣贏不了。你必須搶下大家都知道答案的題目才行。」

「這個道理我也懂啊。」

「有時候承擔風險是必要的，在某些情況下，就算局面是五五波，你也必須冒險搶答才行。害臊這種情緒，純粹是求勝的障礙。我勸你拋下那種感情，被嘲笑、被人家指指點點又怎樣？只要你贏了，留下的就是好名聲。」

「那要怎麼做，才能拋下害臊的情緒？」

「不是有一首歌叫《My Way》？」

「那是美國歌手法蘭克·辛納屈的名曲。他的全名是法蘭克·阿爾伯特·辛納屈，號稱『The Voice』。」

「對，你真的很努力學習呢。聽好囉，當你感覺害臊的時候，就在腦海裡播放這首歌。走自己的路，別管其他人怎麼想。」

「明白了。」

後來，我在比賽場上害臊的時候，就會在腦海裡播放《My Way》。這個習慣也沒有持續太久，因爲在比賽的過程中，也沒什麼心力這樣做。但我漸漸克服了自己的弱點，反正玩益智問答一定會答錯。

有時候，我根本不知道問題的答案，或者按了搶答鈴卻想不出來。也有事先預判題目，結果完全猜錯的情況，這都是很稀鬆平常的事。我總算拋下了害臊的情緒，勇於說出錯誤的答案了。這就好比參加考試，寧可寫錯也不要空白一樣。參加益智問答也是一樣的道理，害怕答錯而不敢回答未免太可惜。明知是錯誤的答案也沒關係，說出來就對了。眞正的錯誤不是說出錯的答案，而是害怕失敗不敢講答案。

時間一久我才發現，自己在其他場合也失去害臊的情緒了。現實生活和玩益智問答的道理是一樣的，盡可能去嘗試就對了。被嘲笑也無妨，被害臊阻撓自己的可能性，這才叫得不償失。

益智問答這種競技，眞的會改變一個人。我想運動、下棋、打牌、打電動也是一樣，任何競技都會造成不可逆的轉變。至於這種轉變是好是壞，就另當別論了。

益智問答比的是益智問答的實力。那什麼叫益智問答的實力？就是比對手更快答出更多的題目。

過去我對自己的知識量感到自豪，如今來到《Q1益智問答大賽》的決賽場，碰上了知識量遠勝於我的對手。

不過，贏的會是我。我已經跟以前不一樣，我的益智問答實力比本庄絆高多了。

「三島選手，您答錯了呢，這題很難嗎？」

「這個嘛，答案我想不起來。」我先點點頭，才答覆主持人的疑問。

「答案想不起來？」主持人表示疑惑。

「對。」我不懂主持人這麼問的用意，只給了簡短的答覆。

「本庄選手，您好像也差點按下搶答鈕，所以您知道答案囉？」

「這個問題，應該說『是』也『不是』。」本庄絆先賣了個關子，接著解釋：

「搶答式的益智問答比賽，不能等到百分之百確定才按下搶答鈕，否則答題權會被對手奪走。我們只要覺得自己『可能知道答案』，就會按下搶答鈕。答題燈號亮起來以後，還有一段短暫的思考時間，我們就用那段時間思考『可能知道的答案』。剛才那題也是如此，在即將按下搶答鈕的那一刻，我們都還不知道答案，只能利用時間回想可能的答案。」

我很佩服本庄絆，他太了不起了。本庄絆聽出主持人的弦外之音，把道理解釋給主持人和觀眾聽。

對於沒有玩益智問答的人來說，我的說法只會讓他們一頭霧水。一般人都認爲，遇到問題，知道就知道，不知道就不知道，哪有想不起來這回事。益智問答玩家不是等知道答案才按下搶答鈕，而是在可能知道答案的階段就搶答。這對我來說是很理所當然的事，但外行人無法理解。

本庄絆盯著攝影機，畫面都是他的特寫。鏡頭帶到我的臉，我的額頭滲出汗水。

鏡頭拉遠，拍到我們兩個並排的畫面。我的身高一百七十一公分，視線大約在本庄絆的下巴，他的身高有一百八十五公分左右。

「**下一題**——」聽到播報員唸題目的聲音，我再次集中精神，心中沒有一絲投鼠忌器的恐懼。

「**合稱CNS的三大**——」

本庄絆先按下搶答鈕，我搶輸了。我即時做出反應，只可惜速度不如他。我也推測出這一題問的是什麼。

光聽到「CNS」這三個字母還無法判斷答案，可能是凱恩斯國際機場的簡稱，或是中樞神經系統的簡稱。直到「三大」這兩個字出現，我就知道這題問的是三大學術期刊。換句話說，完整題目應該是：「合稱CNS的三大學術期刊，分別是○○和○○，以及最後一項是什麼？」

所謂的三大學術期刊，分別是《細胞（Cell）》《自然（Nature）》《科學（Science）》。按常理思考，這題有三個選項，無法事先預測答案是哪一個。但熟知這項競技的人，知道答案只有一個可能。本庄絆是半路出家的益智問答玩家，他明白這個道理嗎？

「答案是『《科學》』。」本庄絆的口吻很冷靜，沒有任何猶豫。

在聽到答對的鈴聲響起前，我就知道他答對了。會在第一時間搶答，而且從三個選項中挑出正確答案，代表本庄絆認眞研究過益智問答。

要拿下這場決賽，困難度可能遠超出我的想像。

那是我頭一次改變對本庄絆的看法。我本來以爲他只是擁有很多知識的藝人，現在確信他是擁有很多知識的益智問答高手。

沒一會工夫，現場果然響起了答對的鈴聲，觀眾也熱烈鼓掌。

三比二，本庄絆追上來了。

「題目：合稱CNS的三大學術期刊，分別是《細胞》《自然》以及最後一項是什麼？答案：《科學》。」

撇開《智能超人決定戰》不說，本庄絆第一次上益智問答節目，是在兩年前的夏天（《智能超人決定戰》不算純粹的益智問答節目）。那時候《超人特輯》已經把他捧紅了，於是製作單位邀請他參加另一個特別節目，節目名稱是《日本第一益智問答王，高學歷藝人對決天才大學生》。YouTube也有影片可看（大概是違法上傳的）。

先說結論，本庄絆在那次特別節目中輸了，而且輸得很難看。

比方說，初賽有一題問：「尼加拉大瀑布是由哪三大瀑布構成？」本庄絆竟然回答「紐約瀑布、安大略瀑布、尼加拉瀑布」（正確答案是美國瀑布、馬蹄瀑布、布里達爾維爾瀑布三大瀑布）。尼加拉大瀑布介於美國紐約州和加拿大安大略省的邊界，他知道這一點也算了不起，但這題並不新奇，有在玩益智問答的玩家不可能答錯。

本庄絆遲遲沒有答對問題，分數也輸給其他藝人，情急之下開始胡亂答題。有一題問：「地球上最高的山脈是聖母峰，那麼火星最高的山脈叫什麼？」他竟然回答「火星山脈」，連主持人都吐槽他，程度跟小學生沒兩樣（正確答案是奧林帕斯山）。他在初賽慘遭淘汰，另一名高學歷藝人笑他，只懂念書卻不懂益智問答，他聽了只能苦笑。

那次本庄絆應該還答錯更多問題，只是被剪掉沒有播出來罷了。整場節目都沒有他發揮的機會，還落了「死腦袋不懂益智問答」的罵名，黯然退場。

後來，本庄絆參加了很多益智問答節目，我沒有每個節目都看，但就我看到的，他都負責扮演死腦袋的搞笑角色。就連一些送分題，他也錯得非常離譜，任何益智問答的玩家都不該答錯那樣的題目。遇到需要思考能力的題目，他就以搞錯方向的細膩推理，說出荒誕無稽的答案。其他來賓就揶揄他當笑料——之前他上節目都是這樣的角色。我和其他益智問答玩家，多半只記得他當時的搞笑形象。因此，我們認爲他純粹是記憶力過人，不懂益智問答爲何物。

直到坂田泰彥推出《Q萬象問答》，本庄絆在第四集拿下優勝，才改變了形象。他是節目的常客，前幾次也有出賽，但第一次拿下優勝是第四次比賽的事。我四處跟朋友打探消息，總算拿到了第四次比賽的影片。那次比賽中，本庄絆跟以前判若兩人。送分題統統答對，不知道的題目概不作答。他逐一破題不再搞笑，其他來賓和觀眾也爲之驚艷。

他答對了很多冷門艱澀的問題，好比莫氏不連續面、古氏不連續面、雷氏不連續面、寶特瓶瓶底凹槽、希臘聖母堂、白瀨矗等。

那些都是要努力研究益智問答，才有辦法答對的題目。當然，作爲益智問答玩家，他的火候還不夠，也常在錯誤的時機搶答，說出錯誤的答案。甚至明明早就知道答案了，還是傻傻地聽完整道題目。

從那以後，本庄絆每一次上節目幾乎都拿下優勝。他本就有形同百科全書的知識量，現在還學會了益智問答的技巧。不但如此，搶答技巧和比賽戰術也大有進境，逐漸進化成完美的益智問答選手。我們一般選手要花好多年時間，才能擁有那樣的知識和技術，他卻只花幾個月就快學全。

於是，本庄絆享有「在腦海中保存世界」的稱號，一躍成爲任何益智問答都難不倒他的超人。

有一次，本庄絆只聽到一個字就搶答，那是《Q萬象問答》最後一集的最後一題，本庄絆成功締造傳說。那段影片我反覆看了很多次。

我試著從影片中看出一點門道。我要找出他的神技是有破綻的。或者應該說，我要找出節目造假的破綻。

「一——」播報員才唸出一個字，本庄絆就按下搶答鈕，直接說出正確答案。冠軍歸他，其他來賓大呼不解，不曉得他是如何得知答案的。

看了好幾次我才看出來，其實仔細聽會發現，播報員已經唸出下一個字。播報員看到答題燈亮起來，趕緊閉上嘴巴，但還是不小心多說了「**報**」字。

當然，只聽到「一報」這兩個字，照理說無法推測出答案。不過，那題是整個節目最後一集的最後一題。把這點也考量進去的話，本庄絆的「一字搶答」，確實可能有合理的解釋，既不是特異功能也不是作假。

本庄絆回答「**《結果好一切都好》**」。《結果好一切都好》是莎士比亞的劇作，跟《一報還一報》《特洛伊羅斯與克瑞西達》合稱莎士比亞的「問題劇」。

本庄絆從「一報」這兩個字，推導出《一報還一報》這部劇作，同時猜出這題考的是三大問題劇的其中一部，答案有可能是《結果好一切都好》。因爲是這檔節目的最後一題，最後一集的最後一題，用「結果好一切都好」有畫龍點睛的效果。所以，這題的確有可能靠邏輯推理出來。益智問答玩家本來就會考慮題目以外的訊息，這並不罕見。益智問答不是學力測驗，現場有出題者、解答者、觀眾，演出也講求效果。注意到這種演出效果的需求，也是一種益智問答的天賦。

節目沒有解釋這些門道，一味把本庄絆吹捧成超人。好像他這種程度的玩家，光聽一個字就有可能知道答案。

我的心情滿複雜的。

至少一字搶答有可能是他的實力，不見得是特異功能或作假。當然，我不認爲本庄絆有能力做出這種推理，但也明白這並非不可能的事。

說不定，「媽媽，是小野寺洗衣公司喔」也是同樣的情況。

我覺得搶答式的益智問答跟數列有點類似。

比方說，出題者唸出一、二、四這幾個數字。光是聽到這幾個數字，我就能知道這一串數列的規律，直接按下搶答鈕。假設出題者問我，這一串數列的第十個數字是什麼。我在搶答的那瞬間並不知道答案，但我知道一、二、四接下來是八，這一串數列每個數字都是兩倍增加，算法是 $a_n=2^{n-1}$，我就利用答題前的時間趕快計算答案。

實際上，用這種方式推論不見得每次都對，也有答錯的時候。因爲有時候，題目的數列還看不出規律，一、二、四的下一個數字，也有可能是七。代表整串數列可能是階差數列 $a_n=\frac{n^2}{2}-\frac{n}{2}+1$，一到二之間多了一，二到四之間多了二，那麼四有可能加三，下一個出現的就可能是七。

換句話說，這題的確信關鍵是第四個數字（至少乍看之下是）。四的下一個數字究竟是八或七，不能等聽完才搶答；萬一其他選手也看出門道，那麼雙方拚的就是反應。想要搶得先機，得在快聽到下一個數字的時候搶答，使用「先押後聽」的技巧。如果在第三個數字出來時就搶答，那就是單純的賭博（益智問答玩家稱之爲「盲潛」）。

當然，數列有可能是一、二、四、一、二、四、一、二、四。也有可能是一、二、四、五、四、二、一、二、四。其實應該聽完整道題目（亦即第九個數字出現），才會知道最後一個數字是什麼。然而，我們益智問答玩家相信，主辦單位不可能眞的出這麼刁鑽的題目，因此會在某個階段直接搶答。這只是我們單方面的信賴，但也很少有出乎意料的狀況發生。出過題目的玩家就知道，出題者都希望玩家答對。當正確答題的鈴聲響起時，答題者和出題者都會獲得肯定。答題者和出題者的境界終於有了交集，答案也呼之欲出，這才是益智問答的真正樂趣。所以，很少有人會出那種惡質刁鑽的題目。

面對益智問答的數列，我們玩家都是先搶答，再利用那段短暫的時間拚命思考答案。時間大約只有五到十秒，不會太長，超過時間沒做答也算答錯。當然，我們有推算錯誤的時候，也有來不及推算的情況。更有甚者，題目本身的規律，和我們猜想的規律完全不一樣。有時候我們自以爲看出了規律，卻推算不出正解，只好隨便說個答案湊數。

像剛才那一題就有可能推算錯誤。前半段講到日本最高的山脈是富士山，後面可能會問全世界最高的山脈，也可能會問日本第二高的山脈（當然，益智問答的出題範圍無所不包，搞不好答案跟山脈完全無關，而是問富士山入春時颳起的強風。但這樣一來，前半段的題目就白費了，像這種不夠洗鍊的題目大家都不喜歡，很少會這樣出題）。

我們玩家會考慮各種可能性，依照當下的狀況承擔搶答的風險。不能等到看出規律、算出答案才搶答，否則一定會搶輸其他玩家。過去我下了很多苦功，卻遲遲無法在比賽中留下好成績，就是因爲我害怕答錯，玩法太過小心謹愼的關係。

所謂益智問答的實力，用數列來比喻的話，就是擁有足夠的知識量，可以看出各種數列的規律，同時計算答題的風險，趕在最好的時機搶答。另外，計算的速度和正確性也非常重要。這些能力加總起來，就是益智問答的實力（更正確的說法是，玩家還要有良好的精神素質，在任何情況下都能拿出最佳表現。另外，也要有好運氣和預測能力，否則碰到不熟悉的題目，也猜不到出題者的出題傾向）。

本庄絆不是益智問答玩家，他最大的弱點，就是缺乏這項競技所需的技巧和訣竅，以及大多數玩家都心照不宣的共識。確實，他的知識量沒有人比得上，但空有一身知識無法在搶答中獲勝。畢竟，比賽的題目不可能只有你一個人知道。當出題者說出大家都知道的題目，你要如何搶先對手、用更快的速度搶答？這才是搶答式益智問答的關鍵。

如今，本庄絆也擁有這項武器了。剛才三大學術期刊那題，他在聽到「三大」就直接搶答了。這題看似有三個選項，事實上並非如此。

完整的題目應該是「合稱ＣＮＳ的三大學術期刊，分別是○○和○○，以及最後一項是什麼？」

「CNS」這三個字母是按照C、N、S的順序排列，這才是最自然的排列方式（如果要換順序，就需要特別的理由）。換句話說，這題在「三大」這兩個字出現時，就已經能推算出答案。這題問的是「S」是哪部期刊，因此答案是《科學》。

「這題答得眞漂亮。本庄選手您正在念醫學院，這題應該很簡單吧。」主持人請教本庄絆。

「是，《科學》我從高中就開始看了。」本庄絆回答。

一般人聽到這種答覆，大概會覺得是謊話吧。但這話從本庄絆口中說出來，卻有一定的說服力。主持人也裝出很驚訝的神情，稱讚他年紀輕輕學識淵博。眞正令人驚訝的，不是他從高中就開始閱讀《科學》期刊，而是他抓住確信關鍵的那一瞬間，迅速搶答，並且猜出正確答案。

「三島選手，您似乎也有按下搶答鈕，可惜來不及是吧？」主持人的評語我也不知道該怎麼回答，只能點頭。

「比賽漸入佳境，請千萬不要錯過。」主持人說完這句話，節目切入廣告。

我記得，我有利用廣告時間喝水。我一邊喝著水，一邊尋找家人和朋友的身影。可惜燈光太亮，我誰都沒看見。

在那個當下，我思考著改變戰略的必要性。本庄絆的益智問答實力遠遠超出預期，我做夢也沒想到搶答技巧會輸給他。我那時候的想法是——凡是有機會答對的題目，應該更積極搶答才是，否則絕對贏不了。

廣告時段結束，主持人帶到下一個題目。

「**題目**——」朗誦題目的聲音再次響起。

「**能有效降低脂肪吸收的烏龍茶聚合**——」

我用力按下搶答鈕，眼前的答題燈號亮起，這題我搶贏了。

這題我應該知道答案，十拿九穩才對。

我勸自己冷靜下來好好想想。

完整的題目應該是這樣——「能有效降低脂肪吸收的烏龍茶聚合多酚，英文縮寫是哪四個字母？」

我閉起眼睛回想，前年的秋天我看過那四個字母。那時我到外地出差，人在京都的旅館。自助式的早餐吧有黑烏龍茶，餐廳還張貼了海報，上面寫著「黑烏龍茶的三大要點」。其中之一是，烏龍茶聚合多酚有減肥的功效，下面還有幾個英文字——

對，四個英文字。是PPAP？我想起Piko太郎，立刻把他趕出腦海。我幾乎快用光答題的時間，好不容易才擠出「OTPP」四個字母。

叮咚聲響起，我答對了。全場觀眾獻上掌聲，我的腦海自動播放PPAP的旋律。

四比二，我又拉大比分了。

「題目：能有效降低脂肪吸收的『烏龍茶聚合多酚』，英文縮寫是哪四個字母？答案：OTPP。」

冠軍通常都是衣食無缺，但益智問答的冠軍沒那麼好命。大學三年級那一年，我參加十五場公開賽，拿下七次冠軍、三次亞軍。那年全日本應該沒人比我拿下更多冠軍。七次冠軍，我卻沒拿到一毛錢。

我只拿到一箱鮪魚罐頭、蔬果汁、印有壽險公司字樣的資料夾，以及兩座獎盃和「百科博士」的獎狀。我一整年參加益智問答大賽，就只拿到這些東西。一般的益智問答大賽跟電視上的比賽不一樣，沒有高額的獎金，玩家們無償舉辦的比賽不可能有豪華獎品。益智問答的實力再高超，也沒法靠這一行過活。

所以我也認真找工作。對我來說最重要的求職條件是，不影響我玩益智問答。換句話說，我要找不常加班，假日又能休息的工作。而且，考慮到未來可能會上電視，公司也必須允許我從事副業。

玩益智問答學來的知識，很難說對求職有沒有幫助。有時我會主動透露自己上過電視，來勾起面試官的興趣。我也曾經打探面試官的出生地，說出當地知識來博得好感。有好幾家公司願意雇用我，我選擇的是一家出版社，規模不大，專門出版醫療和醫學書籍。

跟我交往的桐崎找到旅行社的工作，決定搬離老家生活。於是，我們在永福町租了一間小套房同居。

益智問答研究社的好友們，找到工作以後都退出了。看著同道好友一一離去，只有我還繼續撐著。我研究益智問答的時間變少了，但參加比賽依然有不錯的成績，偶爾也有人找我上節目。

剛進公司的第一年秋天，我前往京都參加醫學性的研討會。上司臨時有事，我只好一個人去。我預計在京都住兩晚，一天處理工作，另一天參加關西的公開賽。

出差的第二天早上，我怕趕不上九點半的學術研討會，一大早就去旅館的餐廳用膳。入口的員工告訴我，現在有一批校外教學的學生在吃早餐，請我半小時後再來。當初辦理住房手續的時候，旅館員工就跟我說過，但我忘了。我看看手錶，再拖半小時就趕不上學術研討會了。

「不好意思，接下來我還有工作，沒有時間等。」

「您要吃早餐也不是不行，只是餐廳裡有點吵就是了。」員工說道。

「我不介意。」稱不上寬敞的餐廳裡擠滿了高中生，我挑了廁所附近的位子坐下。我才剛就座，便收到桐崎傳來的LINE。

「早安，京都的早晨如何？」

「被高中生團團包圍。」我回覆。

「怎麼回事啊？」

「我來旅館餐廳吃早餐，遇到來校外教學的一大群高中生。」

「挺開心的嘛。」

我思考著該回什麼才好，桐崎又傳了訊息過來。

「小百科，等你回東京我有話要告訴你。」

「什麼事？」我反問。

「等你回來我們見面再談吧。」

「知道了。」我在回訊息的過程中，思考桐崎留下的謎題，到底她要跟我談什麼？

我很不擅長解這種問題。以一般的男女問題來說，我最先想到的是「結婚」這個話題。我認為現在還不是時候，但桐崎未必這麼想。我們交往四年，也二十三歲了，還沒聊過具體的結婚話題。凡事都有第一次，或許這就是「第一次」。

當然，也有可能是調職的話題。當初桐崎找到工作時有說過，旅行社的職缺經常會有異動。她才進公司第一年，被分發到吉祥寺的分店上班，說不定這次被調到大阪或名古屋吧。

我想了好幾種可能，但每一種都缺乏依據，我也不敢肯定。

多想無益，我起身前往自助式的取餐區，拿了沙拉、小盤配菜、鮭魚、納豆、海苔、味噌湯、白飯，順便倒了一杯牛奶。我一個人坐在餐廳的角落吃早餐，在一群高中生裡顯得格格不入，有好幾個高中生還偷偷盯著我。

當我要去倒另一杯牛奶的時候，遠處有幾個高中生打賭，賭我接下來要倒什麼飲料。他們以為自己聲音很小，不巧的是我耳朵非常靈光。比方說我去攝影棚錄影，就算棚內人聲鼎沸，我也能聽到出題者不小心唸出來的字句，從而推算出正確的答案。有好幾場比賽也是多虧我耳朵靈光才獲勝。

「賭輸的人要喝光這杯特調。」

我偷看那幾個打賭的高中生，他們面前擺了一杯茶色的液體，想必混合了可樂、牛奶、柳橙汁和其他雜七雜八的飲料吧。其中一個高中生跟我對到眼，有人賭我喝牛奶，也有人賭我喝優格，還有人賭我拿飯後甜點、番茄湯、蘋果汁、咖啡等等。

原來如此，這些高中生是把我當成謎題來玩了。

「題目：我接下來要去自助式取餐區拿什麼東西呢？」

在那個當下，我就是益智問答之神，這題的答案全憑我的意志來決定。我站到飲料供應區前面，賭我拿甜點和番茄湯的高中生，偷偷求我不要停下來拿飲料。我手上的杯子還殘留著一點牛奶，我也不換杯子，直接伸手續杯。那個賭我喝牛奶的高中生，大概以爲自己贏了吧。畢竟很少人會用喝過牛奶的杯子，倒其他飲料來喝。

我做了一個假動作，假裝按牛奶，實則按下旁邊的黑烏龍茶來喝。那群高中生發出不可置信的驚呼聲，我在心中對他們說，很遺憾，你們都猜錯了。益智問答沒那麼簡單，我不會輕易讓你們答對的。

我拿著夾雜牛奶的黑烏龍茶，抬頭正好看到面前有一張黑烏龍茶的海報。

我從不覺得自己的記憶力很好。凡需要背誦的科目我都不拿手，跟我不太熟的人，我也常忘記他們的名字。有些人不能理解，爲什麼益智問答玩家有無比的知識量，是不是腦部的構造異於常人？對於這種說法，我持否定的態度。不消說，確實有一些腦部構造異於常人的玩家，好比本庄絆。一個晚上背下所有諾貝爾獎得主，這我可學不來。

我曾經在京都的旅館餐廳，看到黑烏龍茶的海報。單憑那一次的經驗，我才回答得出烏龍茶聚合多酚的縮寫。但那也不是多特殊的技能，我看到海報上的「ＯＴＰＰ」字樣時，最先聯想到「ＰＤＣＡ」，也就是計畫（Plan）、執行（Do）、檢核（Check）、改善（Action）的縮寫。ＰＤＣＡ是有效提升管理業務和品管的手法，當下我又想到比賽常出的英文縮寫。ＩＣＢＭ是洲際彈道飛彈、ＬＧＢＴ是性少數族群。最後我想起了ＰＰＡＰ，那是Piko太郎玩出來的梗，原意是「Pen-Pineapple-Apple-Pen」，Piko 太郎是搞笑藝人古坂大魔王扮演的角色（其實「PPAP」還有資安相關的涵義，比賽中也出現過）。

我一看到OTPP這四個字母，心想應該是烏龍茶的縮寫OT（Oolong Tea）加上多酚（Polyphenol）的P。至於另一個P，應該是聚合一詞的字首吧。

我只記得自己看過那張黑烏龍茶的海報，海報上有四個字母，每個字母代表不同英文單字的字首，同時聯想到PPAP。因爲聯想到PPAP，所以我猜答案應該有很多P。於是就想起了OTPP。

我並不記得OTPP，我眞正記得的，是自己看到OTPP後聯想到的東西。像這種聯想記憶比較容易保留下來，對記憶力沒信心的人，多少也都有這樣的能力。

當然，如果我不是益智問答玩家，看到OTPP也不會聯想到PPAP。益智問答玩久了，不同的知識會互相產生連結，在意外的情況下幫助玩家推算出正確答案。記憶這種東西是互有關連的。因此，知識量越多，反而越能記住更多東西。這個說法看似矛盾，卻有一定的道理。

我們不會特異功能，純粹是一群喜歡益智問答的阿宅罷了。

主持人問我，這些知識是從哪學來的？我老實承認，以前看過黑烏龍茶的海報。

這個答覆本身沒有問題，但觀眾可能會產生誤解。他們大概會以為，我擁有過目不忘的超強記憶力，跟一般人不一樣。

不可諱言，益智問答玩家常用這種方式，來彰顯自己異於常人。這種彰顯也不見得都是故意的，有時候純粹是說明不夠充分。長此以往，人們就把益智問答玩家當成一群有特異功能的人。也難怪本庄絆沒聽題目就知道答案一事，他的粉絲一點也不覺得可疑。因為在一般人的眼裡，海報只看過一次就不會忘記，跟沒聽到題目就知道答案，兩者同樣不可思議。本庄絆光看商品的條碼，就猜得出商品的正確名稱。有一次節目主持人問他，為什麼看得懂商品條碼？他說，自己以前買東西都會注意商品條碼，看久了就知道條碼的規律。

這根本是鬼扯，誰買東西會仔細去看條碼啊？但連我都差點信了。就算本庄絆的頭腦真的異於常人，也不可能會去做那種事。

不過，觀眾的想法可不一樣，他們搞不好會相信益智問答玩家有這種習慣。正因為在日常生活中養成了習慣，思考速度才會快到超乎想像。觀眾可能真的相信，益智問答玩家是一群有特異功能的人。

「實在太了不起了。像三島選手這樣的高手，過目不忘是基本能力吧。」主持人發表評語。

「同樣的英文單字我看了幾百次都記不住，眞是頭疼呢。」一旁的女星也答腔。

我本來想告訴她，其實我的記憶力也稱不上好。同一本英文題庫我看了千百遍，偏偏就是記不住 simultaneously 這個單字，考試的時候還因此丟分。但我沒有說出來，我怕這話一說出口，現場會瀰漫尷尬的氣氛。而一沉默，人家就把我當成超人了。到頭來，我不但被當成有特異功能的人，更成了捏造神話的幫兇。

現在回想起來，我應該跟他們解釋清楚，我用的不是什麼神奇的力量。要是我解釋了，也許觀眾就不會接受本庄絆贏得冠軍，也不會懷疑我幫製作單位作假。我開始思考——這一切也許我也有責任吧。

「那好，三島玲央選手又拉大差距了，下一題會是誰答對呢？」

主持人賣了個關子。剛才答對OTPP那題，我確定自己今天狀態絕佳。本庄絆的粉絲要失望了，這場比賽我贏定了。

「題目——」

我把右手放在搶答鈕上。不管來什麼問題，我相信一定都能搶下來。

「耶尼切里的火槍——」

一陣敲擊聲響起，而我甚至沒發現本庄絆按下搶答鈕。

我一聽到「耶尼切里」這幾個字，瞬間聯想到好幾個單字。耶尼切里是指鄂圖曼帝國的步兵團。

我很擅長世界史的題目，光是聽到「耶尼切里」四個字，就已經從無限的出題範圍中鎖定了幾個選項。在耶尼切里成軍之前，鄂圖曼帝國的主力部隊是「西帕希」騎士，而且他們擁有徵稅權。「德夫希爾梅」則是強制徵用基督徒少年的制度，在土耳其語中有「徵集」的意思。至於徵用耶尼切里的，是伊斯蘭世界的君主「蘇丹」。這題也可能是考「卡皮庫魯」或「湯匙」（耶尼切里的象徵）……

後來出題者又唸出「火槍」二字，選項就更少了。耶尼切里在「查爾迪蘭戰役」中徹底發揮了火槍的威力，指揮那場戰爭的是「塞利姆一世」。塞利姆一世擊敗「薩法維王朝」，薩法維王朝的主力騎兵團是「奇茲爾巴什」，團員多為土耳其遊牧民族……叫什麼呢……我想起來了，叫「土庫曼人」。題目接下來可能會問，耶尼切里廢除後，新的西式軍隊叫什麼？答案是「尼扎姆新軍」。

這些都是我反射性想出來的，好幾個單字占據了我的意識。

我忙著做答題的準備。如果接下來出現「一五一四年」或「長篠之戰」，答案就是「查爾迪蘭戰役」。若接下來出現「鄂圖曼帝國」，就回答「塞利姆一世」。聽到「奇茲爾巴什」就回答「薩法維王朝」。聽到「薩法維王朝」就回答「奇茲爾巴什」。

一旁的本庄絆說出**「查爾迪蘭戰役」**，我才回過神來，原來出題者早就沒在唸題目了。我只顧著挑選可能的答案，完全忘了自己正在比賽。

叮咚聲響起，本庄絆答對了。

我簡直不敢相信，答題的確信關鍵還沒出來啊。的確，在諸多選項中，查爾迪蘭戰役是最有可能的選項。但出題者也有可能使詐，制定不一樣的答案。在這階段答題形同賭博，還是他不知道有其他的可能性……？

我在場上暗自懊惱，同時不讓懊惱的情緒表現出來。如果這不是現場直播，我大概真的會表現出來吧。本庄絆是瞎貓碰到死耗子嘛，主持人要是問我現在的心境，乾脆老實說好了。想是這樣想，我可沒那個膽子說出來。

不爽歸不爽，本庄絆還是答對了。這下比數四比三，本庄絆又追上來了。

「題目：耶尼切里的火槍在一五一四年對抗薩法維王朝的戰役中大展奇效，堪比日本的長篠之戰。請問那場戰役叫什麼？答案：查爾迪蘭戰役。」

本庄絆上過的益智問答節目，我都盡可能找來看。有些節目實在找不到影片，網路上也只有部分的片段，我不可能全看過。但這麼多節目，我至少看過六成了。

某些片段中，本庄絆的搶答方式很不尋常。

認眞研究過益智問答的玩家，會在內行人才懂的時機搶答。多半是確信關鍵出來了，或是在確信關鍵快出來之前，已經推論出兩、三個選項才會搶答。也有玩家缺乏知識，聽不出題目的確信關鍵，靠著後面的補充情報，推導出正確答案。

搶答時機詭異，主要是對這項競技毫無認知的關係。但本庄絆的情況不一樣，他開始研究益智問答以後，不正常的搶答次數反而增加了。

比方說，《Q萬象問答》第十一集的第二輪比賽，題目是**「日本在阪神・淡路大地震後引進——」**本庄絆才聽到這裡就搶答了。當時他只要答錯就會淘汰，而且也沒必要承擔風險賭一把。

眞正的益智問答玩家，絕對不會那樣搶答。日本在阪神・淡路大地震後，確實引進了一些新的措施。益智問答常出的只有兩項，其中之一是搬運傷者的「醫療直升機」，另一個是確認受傷程度的「檢傷分類」。

光聽到「日本在阪神．淡路大地震後引進——」，還無法確定答案是哪一個。換言之，在這個階段搶答的勝率只有五成，純粹是賭博。本庄絆在不必賭的時機搶答，回答**「醫療直升機」**。

完整題目是：**「日本在阪神．淡路大地震後引進了哪一種直升機，專門用來搬運傷患？答案：醫療直升機。」**本庄絆答對了。

我個人認爲這算不上益智問答的實力。那麼，爲何本庄絆在那個時機搶答，並且回答「醫療直升機」呢？我想出了三種可能性。

第一、本庄絆的知識量不夠，不知道「檢傷分類」這個答案。

第二、他知道檢傷分類，卻不懂益智問答的門道，傻傻地賭了一把。

第三、製作單位一開始就把答案告訴他——整場比賽根本造假。

知識量不夠是不太可能的，尤其本庄絆還是醫學系學生，不可能沒聽過檢傷分類這個術語。當然，他也許不知道這套制度是在阪神．淡路大地震之後才引進的，但他研究過益智問答，醫學領域更是他擅長的分野，這題在益智問答中也不算罕見，他有可能不知道嗎？因此，這個推論不太可能。

第二個推論的可能性，又比第一個更低。他在搶答醫療直升機那題時，只要再答對一題就能晉級下一輪比賽，答錯會直接淘汰。不常上電視的益智問答玩家，遇到這種狀況也都知道該怎麼做。除非其他選手的比分追了上來，或是對答案特別有信心，否則不應該冒險搶答，要盡可能把風險降到最低。本庄絆幾乎參加了每一集的《Q萬象問答》，這些教戰守則他不可能不知道吧。

照這樣看來，第三種推論的可能性就很高了。或許，本庄絆和坂田泰彥早就串通好，坂田讓本庄絆獲勝，對雙方都有好處。本庄絆享有榮耀和名聲，坂田泰彥也能利用這個明星賺到收視率。他們是共犯關係，所以本庄絆在《Q1益智問答大賽》的最後一題，沒聽到題目就直接說出答案。

可是，這個推論也有不合理之處。本庄絆在回答醫療直升機那題時，也是先聽題目才搶答。因爲題目幾乎唸完一半了，那些不必擔心淘汰風險的選手，可能會比他更快搶答。假設整場比賽都是作假，這種搶答方式未免太不合理。《Q1益智問答大賽》的最後一題也是一樣，沒聽到題目就搶答，以造假來說也太奇怪。本庄絆可以在不被懷疑的時機搶答，爲什麼要搶在出題前就說出正確答案？這實在太不尋常了。

這時我才想到第四個可能性。也許答案早有蛛絲馬跡，只是我沒注意到罷了。

我查了檢傷分類的相關資訊，這個概念最早是在一八八八年傳入日本。從歐洲歸國的大文豪森鷗外，一併導入了檢傷分類的系統。當時這套系統不算正式引進，但在一九三一年九一八事變爆發時，使用了日式的檢傷分類，只不過換了一個說法。傷患依照症狀分爲「輕症」「重症」「無救助可能」等類別，由軍醫決定救治的優先順序。第二次世界大戰以後，檢傷分類還是存在，然而不同的醫療團體和醫師協會，都有一套自訂的系統和運用方式。結果，反倒造成醫療前線的混亂。日本會統一檢傷分類制度，也跟阪神．淡路大地震脫不了關係。

所以，檢傷分類在震災發生前就已經引進日本了。

換句話說，除非題目是「日本在阪神．淡路大地震後統一了——」，否則答案就不可能是檢傷分類。嚴格來講，這題只要聽到「引進」兩個字，就能確定答案是醫療直升機。

也許本庄絆早就看出這一題眞正的確信關鍵，這是有可能的。這第四個推論，遠比節目作假更有說服力。可是這樣一來，本庄絆不只知識量遠勝於我，就連益智問答的實力也遠遠在我之上（當然，這也要看題目的類型）。我不願意承認本庄絆比我厲害，偏偏又找不到合理的說法來否定。

搞不好我輸掉的最後一題，本庄絆早就知道確信關鍵了，純粹是我沒注意到而已。其實在出題之前，就已經有蛛絲馬跡可循。或者，那題有辦法歸納出幾個可能的選項——對於那場比賽，我開始有不同的看法。

不，不可能的。我喃喃自語，不願意相信這個推論。

我在場上深呼吸抖動肩膀，那時候我的想法是，本庄絆不知道其他的答案，所以才瞎猜查爾迪蘭戰役。現在我想通檢傷分類那題的門道，又發現了其他的可能性。

沒錯，「耶尼切里的火槍——」這句話出現時，就已經有確信關鍵可循了。

題目問的是某個軍團的火槍，下面最有可能接什麼樣的文章？最合理的文章脈絡，通常是火槍活躍的時機，或是火槍大顯神威的知名戰役。從這個脈絡來推算，或許可以推算出題目問的是，鄂圖曼帝國對抗薩法維王朝的戰役中，耶尼切里的火槍在哪一場戰役奏功，堪比日本的長篠之戰？

當然還有其他可能性。也許題目問的是，耶尼切里的火槍在查爾迪蘭戰役中大顯神威，鄂圖曼帝國對抗的是哪一個王朝？

假設題目問的是哪一個王朝，答案便是「薩法維王朝」，但這樣題目出得不漂亮。要用薩法維王朝當答案，題目就該有「奇茲爾巴什」，才能和「耶尼切里」形成對比。查爾迪蘭戰役也是一場火槍對騎兵的決戰，而且火槍兵勝出，才被比擬為長篠之戰。這是軍事史的一個重要轉捩點，那一戰過後，火槍和大砲取代了戰馬。換句話說，題目應該這樣出才對：耶尼切里火槍對抗奇茲爾巴什騎兵的知名戰役，稱為查爾迪蘭戰役，敗給鄂圖曼帝國的是哪一個王朝？如果題目這樣出，那麼火槍後面就該有「對抗」這兩大關鍵字。

「這題滿困難的，本庄選手您答對了呢。」主持人拋了話題給本庄絆。

「是啊，這題眞的很難。」本庄絆回答。

我看著節目畫面，心裡想的是，主持人說的「困難」和我們玩家說的「困難」有很大的落差。

主持人大概覺得，「耶尼切里」和「查爾迪蘭戰役」這些專有名詞很困難吧。的確，這些不是日常生活用語，可是對益智問答玩家來說，眞正的難處不是術語本身。假設「長篠之戰」這幾個字出現，我們馬上就知道這題的答案是「查爾迪蘭戰役」。問題是，等聽到長篠之戰才搶答，肯定會被對手奪得先機。因此，我們益智問答玩家在聽到長篠之戰前，就得先預測接下來可能會講到長篠之戰，並在那瞬間搶答（套一句比較奇怪的說法，就是要抓出確信關鍵的確信關鍵）。

而這個關鍵，就在「耶尼切里的火槍」這句話——至少我是這麼想的。先不說本庄絆有沒有注意到這點，總之這題在這句話出現時，確信關鍵就出來了。

「我知道三島選手很擅長世界史，所以就先搶答了。」畫面中的本庄絆，繼續解釋他答對的原因。

「您有研究自己的對手嗎？」

「是的，當然有。所有晉級準決賽的選手，我都研究過。」

在比賽的當下，我只當本庄絆在說客套話。因爲我自己就沒有那個心思去研究剩下的七名對手。畢竟不到眞正比賽時刻，你也不會知道自己的對手是誰；與其浪費心思去研究對手，不如善用時間多吸收一點知識，比賽時才派得上用場。

可是回過頭來看，我開始相信本庄絆有研究比賽對手了。他擁有超乎常人的記憶力，也沒什麼知識好吸收了吧。對他來說，如何比對手更快搶答，遠比如何答對更加重要。尤其在對手擅長的領域，稍微冒點風險也得迅速搶答。那麼在對手不擅長的領域，就可以慢慢聽完題目。或許他眞的有做這些功課吧——這個解釋說得通。

「好，本庄選手追上來了，來看下一題。」

「題目——」

我試著調整吸呼，當對手瞎貓碰到死耗子，關鍵在於保持平常心面對接下來的題目。不冷靜下來，解題就會失去精確度，最後自取滅亡。類似的狀況我碰過不少次，不會再重蹈覆轍。

「現在淡路島的保存——」

砰的一聲巨響，本庄絆的搶答燈號亮了。

我呆若木雞，指尖甚至來不及用力，這題我根本不知道答案是什麼。我絲毫看不出這題要考什麼，也歸納不出任何可能性。我只想起淡路島出身的名人，好比阿久悠、上沼惠美子、堀井雄二、渡哲也、渡瀨恆彥等等。但這些人跟「保存」扯不上邊啊。

「答案是野島斷層。」本庄絆說出了答案。我完全無法想像，他是怎麼從那一丁點資訊推算出野島斷層的。

答對的鈴聲響起，觀眾發出了驚呼聲。

比數四比四，辛苦拉大的差距一下就被追平了。我看著本庄絆的臉龐，震驚的情緒遲遲難以平復。

「題目：現在淡路島的『保存館』當中，展示了一項自然紀念物，那是阪神．淡路大地震後出現的活斷層，請問那一道斷層叫什麼？答案：野島斷層。」

我先暫停《Q1益智問答大賽》的影片，拿起一旁的手機。剛才富塚先生傳LINE給我，他說關於野島斷層那題，他找到一段有趣的影片。

「您好，我是三島。」我打電話給富塚先生。

「喔喔，我傳的LINE你看了嗎？」

「看了，您現在方便講電話嗎？」我問富塚先生。

「方便。」富塚先生回答。

「您所指的有趣影片，到底是什麼？」

「三島老弟，你還在收集本庄絆的影片啊？」

「是的。」我據實以告。我動用圈內的人脈，逢人就問有沒有本庄絆上節目的影片。富塚先生也是其中一人。

「有個叫水島的傢伙，曾替《Q萬象問答》出過題目，他是我大學時代益智問答研究社的學弟。你說你需要本庄絆的影片，上次我去參加同學會，就順便幫你問了。」

「那他有本庄絆的影片囉？」

「水島只有替第三集到第六集出題目，他錄到的也只有那幾集的影片。第五集本庄絆沒有參加，實際上只有三、四、六集。」

我拿出本庄絆參演過的節目清單，確認節目名稱的欄位。《Q萬象問答》算是近期才推出的節目，影片相對來說比較好找。我在海外的影音網站有看過（應該是違法上傳），YouTube也有找到一部分。某些同道好友上過那個節目，我也跟他們索取比賽的影片。

「我已經有第三集和第四集了。」我說出自己有的集數，第四集是本庄絆頭一次拿到冠軍的集數。

「那我能幫得上忙的，只有第六集啦。」

「別這麼說，本庄絆的所有影片我都想看一遍，哪怕只有一集，對我幫助也很大。」

「好在你沒有第六集。其實呢，當中有一段是關於野島斷層的，很值得玩味啊。」富塚先生終於切入正題。

「什麼樣的橋段？」

「第二輪的搶答比賽，影片我剪好了，直接貼到LINE上給你看。」

我用電腦打開LINE，確認富塚先生傳來的影片。

那是《Q萬象問答》第六集第二輪的比賽影片，片長兩分多鐘。

「**題目——**」播報員開始唸題目，本庄絆在右邊的角落。他彎下腰，右手放在搶答鈕上準備。左手也壓在右手上，眼睛直盯著前方，眉頭深鎖。他在很多節目上都出現過這樣的表情，《Q1益智問答大賽》的決賽舞台上，我也見識過。

「**阪神．淡路大地震震央附近最近的一條活斷層，其中一部分在淡路島被——**」

「**野島斷層保存館。**」本庄絆按下搶答鈕，他先思考了一會，以不太有自信的語氣說出答案。

結果答錯了，主持人說他這題錯得很可惜，因為答案幾乎是對的。

正確答案是「野島斷層」。其實冷靜思考就會發現，答案不可能是野島斷層保存館。題目說「其中一部分在淡路島被——」，完整句子應該是「其中一部分在淡路島被保存下來」才對。所以，這題問的不是保存的場所，而是保存了什麼。如果答案是野島斷層保存館，那麼題目提示得也太過明顯，這樣出題一點也不漂亮。

本庄絆顯得非常不甘心，他答錯題目很少有這種反應。我看過很多他參演的節目，不管答對答錯，他一向都是面無表情。

主持人大概注意到本庄絆的表情，問他是不是很不甘心。本庄絆回答，他國中時參加校外教學，有去看過野島斷層，因此想拿下這一題。

「影片我看完了。」我回覆富塚先生。

「你怎麼看？」富塚先生問我有何感想。

「現在我知道他是怎麼迅速搶下野島斷層那一題了。」

「你的感想只有這樣？」

「富塚先生，我知道您想說什麼。」我回答富塚先生的疑問。

《Q1益智問答大賽》的決賽題目，跟《Q萬象問答》的題目幾乎一模一樣。這兩個節目的總監，都是坂田泰彥。足以證明《Q1益智問答大賽》作假——富塚先生大概是這樣想的吧。

「這肯定有作假吧？」

我很想贊同富塚先生，但忍住了。我跟他說，實情還不得而知。

「題目幾乎一模一樣，你還說不得而知？」

「我看了很多本庄絆參演的節目，大部分的節目總監都是坂田泰彥，但《Q1益智問答大賽》的題目跟其他節目的題目雷同，這是第一次看到。」

「可是，要說這是偶然，那也太巧了吧？」

「這可難說了。」我發現自己在袒護本庄絆。我自問，爲什麼要袒護他呢？那傢伙用了不正當的手段，搶走我的一千萬元。

「你在替本庄絆說話？」

「不是的——」我仔細回顧了《Q1益智問答大賽》的影片，回顧過程中也有一些新發現，我打算告訴富塚先生。

「——就以我來說吧，決賽第一題《深夜的笨蛋潛力》，我自己以前也出過這題。第二題《安娜·卡列尼娜》，我在公開賽上也答對過很多次。另一題我答錯的『徽宗』，也幫其他節目出過。」

「這是兩碼子事吧？」

「沒有不同——」我的內心在否定自己。富塚先生是在袒護我，而我卻拒絕了他的善意。

「——益智問答玩久了，任誰都會碰到這種情況。應該說，我們能答對問題，是因爲題目和自身的經驗有重疊之處。不然，我們根本不可能答對。」

「你這講法不客觀吧?」

「不客觀嗎?」

「就算題目和我們的經驗有重疊之處，那也得有個限度。」

「我們過去的經驗有沒有被出成題目，這不是唯一的問題。我們的世界是由已知與未知構成的，所謂的已知，就是我們人生中經歷過的。光看『野島斷層』這題還無法下定論，這只代表本庄絆的其中一個人生經驗，被出成益智問答的題目，如此而已。」

「你講得太複雜了。」

「不好意思，我正在思考這些問題。」我向富塚先生道歉。

「你在思考益智問答是什麼?」

「差不多是這樣。我不是警察，無法查出他們私下互通了什麼訊息，或是有沒有狼狽爲奸。所以，我打算用反證法來證明他們作假。我探究的是，當玩家答對題目時，究竟是基於怎樣的依據來作答。如果本庄絆沒聽到題目就猜對答案這件事，找不出合理的依據，那就能證明他作弊了。」

「意思是，只要你搞清楚『答對題目的原理』，就可以知道本庄絆有沒有作弊囉?我好像理解你要講什麼了，但這不代表我相信你的說法。」富塚先生還補充了一句：

「不過，我並不討厭這種深奧的話題。」

「多謝諒解。」

「水島提供了《Q萬象問答》的所有題庫，你需要嗎？題庫的量太大，我還沒有確認過內容。」富塚先生說。

「請寄給我吧，跟本庄絆有關的東西我都需要。」我不假思索。

「我是覺得那和本庄絆沒什麼關係啦。」

「那也無所謂。」

「好，那我也再調查一下內情。」語畢，富塚先生掛斷電話。通話結束後，我自言自語地說了一句：我到底在幹麼？

起初，我把本庄絆當成敵人、一個不懂益智問答爲何物的電視明星，靠著不正當的手法贏得《Q1益智問答大賽》。然而，我對他的印象逐漸改觀了。本庄絆研究過益智問答，實力是貨眞價實的，說不定他注意到我疏忽的確信關鍵。就算他不用卑鄙的手段，也有可能擊敗我。

我好一段時間都盯著暫停的節目畫面，提不起勁做任何事。畫面上，本庄絆答對「野島斷層」那題，做了握拳叫好的動作。他難得表露開心的情緒。當然了，這種心情我也深有體會。答對以前答錯的題目，比答對一般題目還要來得開心，這代表自己的實力成長了，知識量也確實增加了。

我對著畫面中的本庄絆提問。

喂，你爲什麼沒聽題目就搶答了？爲什麼還能答對？那是益智問答的技巧嗎？還是什麼特異功能？

本庄絆維持著握拳叫好的動作，盯著畫面的右上方，表情依舊。

既然你不肯告訴我，我只好自己找答案了。

我按下播放鍵，畫面上的本庄絆又活靈活現動了起來。

我想起自己剛才對富塚先生說過的話。

世界是由已知與未知構成的。

答對益智問答的題目，不代表玩家了解跟題目有關的一切事物。太空人加加林說過，地球是藍色的。即使我們聽過這句名言，也無從得知他親眼見識到的景色。

正確來說，每答對一個問題，我們就會發現自己還有很多不了解的事物。光聽過加加林的名言，我們就能想像他在宇宙看到的地球景象。

順帶一提，加加林並沒有眞的說出「地球很藍」。他說的是，天空很昏暗，而地球帶著湛藍的色彩。要不是我有玩益智問答，也不會知道完整的話。我比較喜歡完整版，我們以爲的天空，純粹是陽光造成的幻象，但這句話終究點出了地球是藍色的。

我想起了「深夜」這個詞彙。

我就像照入深海中的太陽，光芒照耀的一切，我悉皆能見。可是，陽光到不了海底，我飄蕩在海洋中，逐漸明白自己的視野有多渺小，整片大海又有多寬廣。我可以理解那些不可知的黑暗有多深邃——這是我腦海中思考的意象。

現場觀眾嘖嘖稱奇，本庄絆搶答的速度實在太快了。主持人感受到現場的氣氛，便請教本庄絆是如何在短時間內得出答案、技驚四座？

「我曾在淡路島親眼見過野島斷層。阪神．淡路大地震爆發時我還沒出生，但外公受災去世了。對我來說，這是無論如何都要答對的問題。」本庄絆回答。

我站在一旁，視線游移不定。我那時應該在思考，自己這題能否搶贏本庄絆。答案是否定的，我看著自己的右手。剛才那題我連確信關鍵都沒看出來，本來就不可能搶贏。還是趕緊調適心情，面對接下來的挑戰吧——這是我在場上的想法。

本庄絆很少提起家人，我想起他弟弟本庄裕翔說過的話，又從阪神．淡路大地震聯想到東日本大地震。東日本大地震爆發時，本庄絆在山形縣生活。他在學校被霸凌，把自己關在房內不去上學。震災發生後，他才再次重返校園。他離開自己的小房間，走向了更寬廣的世界。

「三島選手，這下比數被追平了呢。」

主持人向我搭話，我也不知道該回什麼。思前想後，只好說自己會集中心力，專注回答下一題。

那個當下，我真的被本庄絆的搶答速度嚇到了。他的速度太快，我甚至無從判斷確信關鍵到底出來了沒有。當時，我不知道這題在《Q萬象問答》也出現過。

「究竟是三島選手技高一籌，還是本庄選手會扭轉局勢呢？讓我們接著看下一題。」

主持人將比賽帶入下一個階段。

「題目——」

我的心態還沒完全調適過來，觀眾也沒全部靜下來。我腦中一片空白，心不在焉地聽著播報員唸出題目。

「故事描述『人類』小孩在怪物群居的地底世界冒險，試圖回歸地面世界，由托比·福——」

我的搶答燈號亮了。老實說，這題我搶答的時機不太漂亮。

「地底世界」四個字出現以後，我就想到某款遊戲。那是桐崎之前在客廳玩的遊戲，她跟我說了很多遊戲的事。那款遊戲，是一個叫托比·福克斯的天才，幾乎只靠一人之力完成的傑作。故事內容多樣，又有好聽的配樂。可是我不太有自信，一直等到「托比·福克斯」出現才搶答。總之，這題我搶下了，本庄絆應該比我更沒信心吧。

「答案是『Undertale』。」我說出答案。

這題我有信心，但聲音不夠宏亮。那一瞬間，本庄絆驚覺自己失算了。答對的鈴聲響起。這一題差點沒人搶答，觀眾們都捏了一把冷汗，紛紛發出嘆息聲。

五比四，我再度領先了。

「題目：故事描述『人類』小孩在怪物群居的地底世界冒險，試圖回歸地面世界，由托比·福克斯打造，在日本也大受歡迎的遊戲，請問叫什麼名字？答案：

『Undertale』。」

桐崎說，等我回到東京她有事要商量。我是在京都的旅館看到那則LINE的，捉弄完那些拿我當謎題的高中生以後，就去參加工作上的研討會。研討會結束又去參加益智問答大賽拿下冠軍，禮拜天我才回到東京。

回到永福町的居所，桐崎說她不想跟我同居了。完全出乎我的意料。

我立刻問她爲什麼。

「繼續同居，我怕我會討厭你。」

「爲什麼妳會討厭我？」我不能接受，反問她想分開的理由。

「最近我都睡不著。」

按照桐崎的說法，我去京都出差的那幾天，她難得睡了一場好覺。

「那我們分床睡不行嗎？」

「應該沒用吧。」

於是，桐崎回老家了，我也沒法挽留她。她說會繼續出房租，但我拒絕了她的提議。

後來，我們每個月只有假日會約出來碰一次面。大多是去逛街買東西，吃完晚餐八點多就散了。我邀她來家裡過夜，她也不願意。

我們分居後又撐了半年，最後還是分手了。

「我的個性不適合跟別人同居，一想到家裡有其他人在，我壓力就很大。全部都是我的錯，你不用在意。」這是桐崎的說法。

可是我非常在意，情緒低落了好久。本該參加的益智問答大賽，我都以健康狀況不佳為由取消。我不甘心就這樣分手，多次傳LINE約她出來詳談，但她只是一股腦地道歉。

套句老掉牙的說法，我的心底開了一個大洞。我每晚都在思考，自己走錯了哪一步。是我提議要同居的，桐崎本來不贊成，也是我說服她遷就我的。那時我們根本沒必要同居，她才剛踏進社會面對全新的生活，還要適應很多重大的變化，我沒必要挑在那個節骨眼上改變雙方的關係。桐崎忍受了許多壓力，又不好意思說出口，才會夜不成眠吧。如果沒有同居，我們也不會分手。我在人生的益智問答中答錯了，答錯就得承擔後果。

由於我推掉了很多比賽，益智問答研究社的好友鹿島擔心我，主動跟我聯絡。

我說了自己那陣子的遭遇，鹿島建議我玩益智問答轉換心情，但我實在沒那個心思。

鹿島擅自用我的名義，替我報名了一個小型的益智問答比賽。那是線上比賽，專門考一些動漫、電玩、音樂類型的題目。他騙我加入通話群組，說要一起打電動，等我實際加進去才知道比賽要開始了。我正要退出群組，他挽留我，勸我試著玩看看，說不定答對幾題心情就會好起來。

我勉爲其難答應了，但動漫、電玩、音樂類型的題目並非我的強項。一想到桐崎很喜歡那些玩意，心情又更加失落。

第一輪搶答賽的前十題，我沒有搶答任何一題。也不是沒心，應該說我的注意力沒有眞的放在比賽上面。當比賽一開始我就有求勝的欲望，無奈鹿島和其他選手速度太快，我完全跟不上他們。

直到第十一題我才搶答。

「以美國東北部虛構的觀光勝地爲背景——」我聽到這裡就搶答了。這題我也不是非常有把握，但等到完全確定才搶答，是贏不了這場比賽的。

「答案是『沉默之丘』。」我回答。

答對的鈴聲響起，畫面上出現完整的題目。

「題目：以美國東北部虛構的觀光勝地為背景，讓玩家穿梭於鬼城的陰陽兩界，由科樂美發行的知名恐怖遊戲叫什麼？答案：『沉默之丘』（或沉默之丘系列）。」

我好久沒有答對問題了，這是我跟桐崎分手後第一次答對。

心中彷彿出現一種懷舊的感情。我以前很喜歡沉默之丘，還玩到破關。我不是一個喜歡玩遊戲的人，唯獨沉默之丘系列例外。

我茫然地想起往事。那時我跟大哥借沉默之丘四代，半夜偷偷玩，連國中的入學考試都沒認真準備。我被遊戲嚇到尖叫，吵醒了父親。父親痛罵我一頓，沒收了PS2主機，隔天我又偷拿出來玩。

第十四題是我第二次搶答。

「武田綾——」出題者才剛唸出題目。

在一般的益智問答大賽上，這絕不是好的搶答時機。不過，這場比賽只出動漫、遊戲、音樂類型的題目。音樂類型的題目也都跟動漫、遊戲有關。

「答案是《吹響吧！上低音號》。」這題我答得很有信心。

答對的鈴聲再度響起，其他參賽者也讚嘆我速度很快。

「題目：武田綾乃小說改編的哪一部動畫，以京都府宇治市為舞台，描述高中管樂團的成員努力拚進全國大賽的故事？答案：《吹響吧！上低音號》。」

「你連動漫的東西都懂喔？」鹿島問我，我告訴他只是剛好知道罷了。之前跟桐崎同居的時候，我們一起看過《吹響吧！上低音號》的動畫，所以才知道答案。

一想到分手的女友，我在比賽中差點落淚。我忍著想哭的衝動，不斷回想剛才聽到的答對鈴聲。

鹿島察覺我不太對勁，暫停比賽關心我的狀況。我哽咽地告訴他不用擔心，其實我也不知道自己要不要緊，總之還是繼續比賽。後來我又答對了好幾題，可惜分數不夠，第一輪就淘汰了。

比賽結束後，答對的鈴聲依然在我耳邊迴盪。

我哭了一段時間，才發現自己終於有心想玩益智問答了。

那個鈴聲不只代表我答對，同時也是在肯定我，讓我知道自己是正確的。

如果我沒遇到桐崎，沒有跟她同居的話，也不可能答對《吹響吧！上低音號》那題。

益智問答帶給我認同感。是，我也許失去了寶貴的東西，但有失必有得，我的抉擇是正確的——我總覺得，益智問答在告訴我這些道理。

又過一個禮拜，我重新參加各大益智問答比賽，也比以前更認真研究益智問答。對我來說，益智問答最大的魅力，就是讓我對人生有一種認同感。不管怎樣的人生都不算錯誤，益智問答給了我勇氣。

我想起《深夜的笨蛋潛力》，想起《安娜·卡列尼娜》，想起三日月宗近，想起ＯＴＰＰ，想起了我曾經答對的所有問題。

答對益智問答的題目，代表我們的人生跟答案有某種形式的關聯。我們透過益智問答這項競技，展現自己跟萬事萬物的聯繫——現在我有這樣的想法。

本庄絆迅速搶下「野島斷層」那題，帶給我不小的震撼。不過，一聽到答對題目的鈴聲，我又重拾冷靜。

人生永遠要面對各種題目的挑戰。不必特地參加比賽，這世上到處都有益智問答。

比方說，朋友憂愁煩惱，我們該怎麼安慰才好？上司提出各種不合理的要求，我們又該如何應對？是該屈就於現在的工作，還是橫下心來轉換跑道？是該買廣受好評的昂貴電器，還是買便宜堪用的就好？分期付款還沒繳完的手機螢幕壞了，是該直接換一台呢？還是花點小錢維修就好？或者繼續使用？工作累了一整天，該花錢吃好料犒賞自己，還是吃便利商店的便當就好？深夜有想看的海外電視劇，要熬夜觀賞呢？還是早點就寢？

每個人都有不一樣的答案，每個人都必須做出抉擇。可能是依照過去的經驗做決斷，或是借助其他人的意見。

現實世界的問題跟益智問答比賽不一樣，幾乎沒有所謂的正確答案。我們必須秀出自己的答案，採取決策和行動。沒有人知道答案對不對，日子照樣要過下去。後悔是在所難免，有時候我們也會擔心自己做錯抉擇。也許在人生的某個階段，做出不一樣的抉擇會有不一樣的結果——我們經常想像自己沒做過的決定。

世上大多數的問題都沒有答案，把已經有答案的問題擷取出來，就是我們在玩的益智問答競技吧。

失去女朋友時我也曾經想過，早知道失戀這麼痛苦，就不應該談戀愛。這種想法就跟早期日文歌曲的歌詞一樣，但多虧有那段歲月，我才能答對某些問題。因此，我的想法也變得比較正面了。身爲一個益智問答玩家，我算是略有小成，只是人品還有待磨練。我犯了不少錯誤，好在有益智問答才沒失去自我肯定感。

「三島選手，您又再次領先了呢。」對於主持人的這番話，我只有點頭稱是。

「再答對兩題，就有一千萬元了。」主持人繼續向我搭話。

「是，我會努力。」我又一次點點頭。

我的答覆依舊無趣，但也突顯出決賽的緊張氣息，倒也不算太差。

「本庄選手，您也有搶答是吧？」

主持人改問本庄絆。

「我速度太慢了，搜索資訊花了一些時間。」

「是記憶庫太龐大的關係嗎？」主持人反問。

「不，純粹是我搜索資訊的技術太差了。」本庄絆回答。

我坐在電腦前面，思考我們玩家答對題目時，到底有什麼樣的依據。看著決賽影片，我的想法漸漸有雛型了。

這些依據，可能是自己解過的益智問答題庫，或是出過的題目，也有可能是其他益智問答大賽出過的題目。教科書上也有益智問答，報紙、網路新聞、電視上也有相關資訊。有些題目是現實生活中發生過的事，有些則是別人告訴我們的。

而這一切的共通點在於，所有的益智問答都是我們人生的一部分。答對題庫中出現過的題目時，我會想起自己看過的某一本題庫。假如題目跟我出過的題目類似，我也會想起自己當初爲什麼要出這樣的題目。當然，也有想不起來的時候，但肯定跟過去的經歷有關。正確答案總是以某種形式，和我們的人生扯上關係。

在我思考的當下，節目繼續進行，接下來要出第十二題。

「題目——」螢幕前的我聽到出題聲，總算回過神來，思考下一題是什麼……

「學名 Strix uralensis 的哪一種生物，因爲有『森林守護者』的形象——」

本庄絆按下搶答鈕。我正要伸出右手搶答，最後還是作罷。比賽時我並不知道這一題的答案，但「森林守護者」這幾個字，讓我聯想到紅毛猩猩。紅毛猩猩的馬來語 Orang utan，意思好像是森林中的人。不過，如果眞是這樣，題目一開始就該提到了，先講學名似乎哪裡怪怪的。這是我當時的直覺感受。

當然，我只懂益智問答，並不曉得動植物的學名。奠定學名法基礎的是瑞典的博物學家林奈，朱鷺的學名 Nipponia nippon 是西博德從日本取得標本送到荷蘭，學名中才有日本的字樣。但我只知道這些知識，Strix uralensis 是什麼，我完全沒頭緒。

畫面中的本庄絆緊閉雙眼、直立不動。會場靜悄悄的，大家都在等他開口。規定的答題時間到了，主持人請他趕快說出答案。

「答案是紅毛猩猩。」本庄絆小聲說出答案，顯得很沒自信。

答錯的鈴聲響起。

比分依然是五比四，本庄絆比分落後，還逼近淘汰邊緣。他已經答錯兩題了，再答錯一題就會失去資格。他必須積極搶答才有辦法獲勝，沒有犯錯的空間。

「題目：學名 Strix uralensis 的哪一種生物，因爲有『森林守護者』的形象，所以千葉車站前的派出所也設計成那種生物的模樣？答案：長尾林鴞。」

推特收到私人訊息，我立刻打開來看，搞不好是有人傳送本庄絆的新影片來。

一打開訊息，發現是陌生帳號傳來的。那個人說他是我的粉絲，很喜歡我的座右銘「努力就能實現夢想」，我努力不懈的姿態也令他感動。他希望得知我家的地址，以便寄送加油信件。

我嘆了一口氣關閉推特。就記憶所及，我從來沒說過「努力就能實現夢想」這句話，更沒有留下類似的文字訊息。真要說起來，我很討厭這種心靈雞湯。

自從我參演《Q1益智問答大賽》以後，這種私人訊息越來越多。本來我的追蹤者才七百人左右，現在也膨脹到一萬人以上。

我跟其他《Q1益智問答大賽》的參賽者不一樣，沒有在社群網路上攻擊製作單位，也沒有質疑本庄絆超乎常理的搶答速度。我沒在網路上發表評論，只是因為放不下那一千萬，所以不願意得罪製作單位。而且，扮演一個和勝利失之交臂的悲情亞軍，多少有點好處。這才是我真正的用意。

沒想到，不少本庄絆的粉絲很喜歡我這種寡默的態度，還追蹤我的帳號。有些人認為我和本庄絆英雄惜英雄，還有人滿腦子妄想，以為我跟本庄絆之間有深厚的情誼。例如，本庄絆答對「野島斷層」那題，我被他的搶答速度嚇到，愣愣地看著他。有人就擷取那張畫面，說我痴痴地欣賞本庄絆完美的搶答技巧。至於「迦陵頻伽」那題，我用表情對本庄絆施壓，試圖妨礙他想出答案，那個畫面也有人說我含情脈脈看著他。

不知道從什麼時候開始，網友把我當成一個從小就為益智問答而活、為此努力不懈的拚命三郎——總之就是那種不善言詞，連跟女孩子講話都有困難，唯獨對益智問答的熱情不輸給任何人的呆頭鵝。在他們的幻想之中，我的口頭禪是「努力就能實現夢想」，憑著一股熱情，證明凡人也能靠努力大放異彩。只可惜我在《Q1益智問答大賽》的決賽上，碰到本庄絆這個眞正的天才，一路拚殺到最後一題，敗在「沒聽題目就搶答」的神技之下。他們還以爲我很敬佩本庄絆的搶答技巧，衷心祝福他奪得優勝。

這一切全是莫名其妙的妄想。我承認自己在《Q1益智問答大賽》上不善言詞，沒有好好回答主持人的問題，因爲我不是藝人。我在比賽中沒和一旁的女明星互動，也不是我不習慣跟女性相處，純粹是心力都放在比賽上，沒那個心情罷了。我很清楚，世上有很多事情光靠努力是無法成功的。我是一個很有常識的普通人，在比賽過程中，原以爲本庄絆不過是低階版的谷歌引擎，最後一題我也懷疑他作弊。我更沒有那個雅量祝賀他得勝，如何奪得那一千萬元才是我關心的事。

我實在受不了那些網友，他們只在電視上看過我，憑什麼擅自斷定我的爲人？光看電視上透露的訊息，對我是能有多少了解？

那些自稱我粉絲的人，我看了他們的妄想只覺得噁心。僅憑著一點片面的訊息，擅自堆砌出虛擬的偶像來崇拜。我只是偶爾上一下電視節目就這樣了，本庄絆是不是一直在忍受這些妄想和成見啊。

我關掉推特，看著暫停的節目畫面。本庄絆答錯的那一題，完整的題目和答案就顯示在螢幕上。

「題目：學名 Strix uralensis 的哪一種生物，因爲有『森林守護者』的形象，所以千葉車站前的派出所也設計成那種生物的模樣？答案：長尾林鴞。」

看了題目我才知道，原來問的是千葉車站那個貓頭鷹派出所的相關問題。這題目出得眞是奇怪。

貓頭鷹派出所在千葉車站東邊出入口附近，我進去過一次。中學時代我在千葉車站撿到錢包，跟朋友一起拿去派出所。我們留下自己的住址和聯絡方式，就離開派出所了。記得錢包裡面的錢還不少，詳情記不清楚了。我撿到錢包本想據爲己有，好友佐藤立刻說要拿去派出所，令我自慚形穢。至於警察有沒有找到失主，失主有沒有給我們獎勵，這些事我已經不記得了（順帶一提，池袋也有貓頭鷹派出所，益智問答比賽也出過這一題）。

本庄絆沒聽完題目就搶答，所以我在場上也沒聽出門道，其實這題對千葉市出身的選手非常有利。住在千葉車站附近的人，幾乎都知道貓頭鷹派出所。

這時我才發現，原來我和本庄絆的條件是相當的。

本庄絆沒聽題目就搶答的最後一題「媽媽，是小野寺洗衣公司喔」，只有特定地區的人才回答得出來。同樣地，也有題目是我這個千葉市民才知道答案。

我依然看不透，本庄絆如何得知最後一題的答案。不過，好歹《Q1益智問答大賽》的條件是公平的，題庫中也有對我有利的題目。

我先擬定一個假設——坂田泰彥準備的題目，應該都是我們知道答案的題目。好比《深夜的笨蛋潛力》和《安娜·卡列尼娜》，這兩題我以前也出過，也曾經在其他比賽上答對過。只要調查一下我過去的比賽經歷，肯定會知道有接觸過那些題目。當然，不見得每個題目都是如此，但應該有幾成的題目是這樣安排的。

本庄絆答錯兩題了，還是面不改色。

我暗自鬆了一口氣，因爲我本來也猜答案是紅毛猩猩。如果一時心急搶先作答，答錯的就是我了。我的手幾乎已經放在按鈕上，好在有忍住，差一點就要按下去了。

「本庄選手，您沒退路了喔。」主持人提醒本庄絆。

「是啊。但我不會改變自己的搶答方式，不承擔風險是贏不了這場比賽的。」

本庄絆點了點頭，回應主持人。

「三島選手眞的這麼厲害嗎？」

「沒錯，用一般的方法是不可能戰勝他的。」本庄絆回答。

我坐在螢幕前面，回想本庄絆開場時說過的話。

「我正在努力找一樣東西。」

那時候，本庄絆說他在找一樣東西，主持人問他在找什麼？他回答「我在找自己失敗的可能性」。結果現在他卻說，用一般的方法不可能戰勝我，這不是自相矛盾嗎？

他是眞的被逼急了，才說出眞心話嗎？還是故意講這種話，來拉高節目的可看性？

「好，《Q1益智問答大賽》的決賽，也快到尾聲了。接下來請看第十三題。」

主持人指示播報員出題。

「**題目——**」我聽到播報員開始朗誦題目時，心裡想的是，本庄絆最好再答錯一題自動失去資格。不然還要從他手上搶下兩題，光想我就快暈倒。

「event——」

砰的一聲，本庄絆率先搶答。這速度快到太誇張，我連要搶答的念頭都還沒有。但我看了播報員的嘴型，總算看出一點門道。「event」的下一個字，母音應該是「O」，可能是「ko」或「ho」吧。

益智問答題目很少用「event」開頭，按字面上解的話，多半是指「活動」的意思。

因此，我思考 event 下面可能接什麼詞彙。活動企畫公司、活動企畫社團、活動企畫成員等等。如果下一個字開頭的音是 ko，那可能是「event companion」吧。可是，這又不太像益智問答的答案。

這麼說來，ho 的可能性比較大。若真是 ho，答案肯定是「event horizon」。

我終於推敲出答案了，一旁的本庄絆正在努力思考。我拚命祈禱，祈求老天爺不要讓他想出答案，不要讓他注意到播報員的嘴型。快點答錯，快點失去比賽資格吧。

「答案是『事件視界』。」本庄絆說出答案。

答對的鈴聲響起。

那一瞬間，觀眾席上爆出前所未有的驚呼和掌聲，久久難以平息。現場來賓和電視機前面的觀眾，大概都以爲本庄絆光聽到 event 這個單字，就推算出事件視界吧。他們一定很訝異，怎麼有人神到這種地步，光靠這點訊息就知道正確答案呢？

不過，我在現場看得一清二楚，播報員的嘴型透露出蛛絲馬跡。真正令我驚訝的是，本庄絆竟然觀察到播報員的嘴型。

比數五比五，本庄絆又追上來了。

「題目：『event horizon』的另一個日文別名，意味著就算時間無限推移，也無法徹底看透邊界內的事物。請問，這個日文別名叫什麼？答案：事件視界。」

我打開富塚先生寄來的檔案，那是《Q萬象問答》的所有題庫。

不用深入細看每一題，我就看出了一點端倪。裡面有大量的題目，在正式播出的時候都被剪掉了。有的題目直接被選手棄答，有的則是選手答錯。還有一些題目要花不少時間才想得出答案。也有題目本身不困難，但選手答對以後說不出趣味的講評。坂田泰彥擔任《Q萬象問答》的總監，對每個橋段進行嚴格的篩選。有些選手明明突破了預賽，在節目上出現的時間卻非常短。本庄絆就是在這種環境中歷練出來的，因此他練就了一身表演本領，來增加自己在節目上的曝光時間。他機智幽默的話術，是在《Q萬象問答》鍛鍊出來的。

話說回來，我眞沒想到被剪掉的題目有這麼多。我看過《Q萬象問答》，很多場面都是用字幕或精華片段帶過，但有這麼多鏡頭被剪掉，實在出乎意料。我也上過好幾次益智問答節目，這種搶分制的益智問答比賽，剪掉這麼多鏡頭竟然還能拍成像樣的節目，太令人驚訝了。

《Q萬象問答》有很多奇怪又困難的題目，答對的選手看起來就像天才一樣，但題目本身太困難，棄答的情況也特別多。坂田泰彥也知道很多題目派不上用場，所以才準備了大量的題庫吧。

我想起同道好友山田說的話，他也上過坂田泰彥的另一個節目。他在比賽前一天，得知會有諾貝爾文學獎的相關問題。本庄絆只花一個晚上就記下所有得獎者，堪稱神技，觀眾一定也很佩服吧。坂田泰彥和本庄絆就是用這種手法，拍出趣味的益智問答節目。

我在意的點是——爲什麼坂田泰彥想做現場直播的益智問答節目呢？

坂田泰彥接受採訪時說，益智問答就跟運動競技一樣，採用現場直播亦無不可。把益智問答當成運動競技，現場直播確實可以呈現出一種臨場感和感動。可是，這跟坂田泰彥過去的呈現方式互相矛盾。以往，他只挑趣味的橋段濃縮成一部完整的節目，甚至不惜做出一大堆用不到的題目，只爲了追求完美。

我試著站在坂田泰彥的角度來思考。

要做現場直播的益智問答，什麼情況是一定要避開的？想當然，選手棄答的情況絕對不能太常發生。這種情況多出現幾次，整個節目就毀了。

《Q萬象問題》當中，那些被棄答的題目直接剪掉不用。選手答錯時，答錯的方式不夠搞笑也會剪掉。然而，現場直播無法後製，所以不能出那種會被棄答的題目，也不能出容易答錯的題目。題目又不能太過簡單無趣，簡單的題目拍不出「天才感」。

換句話說，整場比賽眞正考的是選手個人。

我得出了一個結論——要拍出有趣的益智問答直播比賽，坂田泰彥勢必得考量以下幾個條件。首先，題目不能被選手棄答，難度又不能太高，而且要讓選手快速搶答，又要帶給觀眾驚奇的感受。

因此，坂田泰彥調查了每一位選手的人生。他決定多出一些跟選手的人生有關的題目，以及他們過去解答過的題目。

我想起自己在決賽時，從未有過那麼愉快的比賽經驗。

爲什麼我很享受那場比賽？一定是因爲答對那些問題，等於間接肯定了我的人生。坂田泰彥選擇了這樣的策略，來替現場直播的益智問答比賽增加可看性，所以兩者才會緊密而深刻地結合在一起。

不消說，益智問答是一種跟玩家的人生息息相關的競技。

可是，那場比賽沒那麼單純。製作單位採用現場直播的特殊方式，來突顯每一位選手的人生。我們在那場比賽中，被考的其實是自己的人生——這是我的推論。

「您又追上了呢，本庄選手。」主持人說道。

「是啊，追上了。」本庄絆點頭。

「三島選手，比數被追平了呢。」

「嗯嗯。」我只有點點頭，沒多說什麼。我看著螢幕畫面，心想自己應該多說點評語才對。

我深呼吸轉動肩膀，本庄絆已經沒有退路了，剛才搶答純屬賭一把。不過，他的賭勁也帶給我一些壓力。

五比五，答錯三題直接淘汰。我答錯一題，本庄絆答錯兩題。

下一題我拚一把是有優勢的。只要對錯機率各半就搶答吧，答錯也沒差，我跟本庄絆還是一樣的條件。答對的話，可以給對手很大的壓力。下一題最重要的是，絕不能被本庄絆搶先。一旦看出對錯機率各半的關鍵，就要率先搶答。本庄絆要是在關鍵出現之前搶答，我會有很大的機率輸掉比賽。下一題就這麼辦吧。

「究竟哪一方離冠軍更近一步呢？」主持人賣了個關子。

「**下一題**——」播報員要開始唸題目了。我凝視著播報員的臉孔，準備看穿每一個嘴型的變化。

「有ㄏㄨㄤˊ——」播報員才剛唸出兩個字，我的眼角瞄到本庄絆似乎有意搶答。於是，我不管三七二十一直接按下搶答鈕。光聽兩個字，根本猜不出這題要考什麼，我只是想比本庄絆更快搶答罷了。

砰的一聲巨響，究竟是誰先按下搶答鈕呢？我看著自己的搶答燈號，是我的燈號亮了。本庄絆一副很意外的表情，他也有按下按鈕。可能沒料到會被我搶先吧，我自己也很訝異，因爲我幾乎不會這樣搶答。

過了一會，我的大腦開始思考自己聽到的訊息。我在「有ㄏㄨㄤˊ——」這幾個字出現的階段按下搶答鈕，播報員後續還發出了「ㄉㄧˋ ㄓ」的音。「ㄉㄧˋ」和「ㄓ」中間還有短暫的停頓，拼湊起來是「有ㄏㄨㄤˊ ㄉㄧˋ ㄓ」這幾個字。

最後，我再把眼見耳聞的訊息納入考量。我看到播報員的嘴型，也聽到他口中輕微的氣音。

最後還發出了「ㄘ」的氣音，他最後還想說一個「ㄘ」開頭的字。

我得到的情報是「有ㄏㄨㄤˊ ㄉㄧˋ ㄓ ㄘ」。

我拚命動腦思考，這幾個字應該轉換成哪些漢字？什麼樣的詞彙後面會接「ㄓ ㄘ」？

時間快要不夠了，工作人員做出倒數三秒的手勢。主持人看到手勢，請我快點說出這一題的答案。

我很慌張，情急之下竟然脫口說出**「魯鐸象徵」**這幾個字。當下，我也搞不清楚自己爲何會回答魯鐸象徵。或許是潛意識從所有可能的選項當中，自行挑選出勝算最高的答案吧。

答案尚未公布的時間感覺好漫長，現場一點聲音也沒有。

事後回過頭來看才發現，我當初在現場注意到播報員最後的氣音不是「ㄘ」——正確來說是「ㄔ」才對。是我的潛意識注意到的，完整是「有ㄏㄨㄤˊ ㄉㄧˋ

ㄓㄔ」，而不是「有ㄏㄨㄤˊ ㄉㄧˋ ㄓ ㄘ」。換句話說，這題轉換成漢字是「有皇帝之稱」。

題目是「有皇帝之稱——」，所以我才回答魯鐸象徵。

答對的鈴聲響起，我暗自叫好。這也是無意識的動作，那時我的心力都放在益智問答上，已經顧不得形象了。

觀眾也發出驚訝的讚嘆聲，我自己也嚇到。老實說，我也不知道自己怎麼答對這一題的。彷彿變成特異功能人士。

六比五，再答對一題我就是冠軍了。

「題目：有『皇帝』之稱，在日本賽馬史上首次奪得七冠的賽馬叫什麼？答案：魯鐸象徵。」

我思考自己爲何會回答「魯鐸象徵」。我想替潛意識的運作，尋求一個合理的解釋。

這個回答本身並不合理，確信關鍵還沒出來，勝率連五成都不到。就算播報員完整說出「有『皇帝』之稱」這幾個字，也很難推算出「魯鐸象徵」這個答案。因此，我在舞台上覺得自己好像有特異功能。

眞要說起來，擁有皇帝稱號的人不計其數，隨便就想得到法蘭茲．貝肯鮑爾、麥可．舒馬克、菲多爾．埃密利亞恩寇等人。

我最先想到「魯鐸象徵」的原因是，去年賽馬節目拜託我製作賽馬的益智問答，那時就有出一題魯鐸象徵的題目。

轉念及此，發現這題果然也跟我的人生息息相關。

我在桌上打開筆記本，列出《Q1益智問答大賽》決賽中的所有題目和答案。凡是跟我個人有關，或是跟我益智問答生涯有關的題目，都畫線。答對的就加上一個◎。

◎第一題「《深夜的笨蛋潛力》」。

◎第二題「《安娜．卡列尼娜》」。

第三題「威廉．羅倫斯．布拉格」。

第四題「日和山」（錯誤答案「天保山」）。

◎第五題「三日月宗近」。

第六題「徽宗」（錯誤答案「黑田清輝」）。

第七題「《科學》期刊」。

◎第八題「ＯＴＰ」。

第九題「查爾迪蘭戰役」。

第十題「野島斷層」。

◎第十一題「Undertale」。

第十二題「長尾林鴞」（錯誤答案「紅毛猩猩」）。

第十三題「事件視界」。

◎第十四題「魯鐸象徵」。

第十五題「迦陵頻伽」。

第十六題「媽媽，是小野寺洗衣公司喔」。

規則是先搶下七題者獲勝，為我準備的題目正好有七題。接下來，我站在本庄絆的角度來思考題目，本庄絆記下了所有的諾貝爾獎得主，「威廉·羅倫斯·布拉格」就是為他準備的。第七題「《科學》期刊」，他說自己高中就開始看了。「野島斷層」那題在《Q萬象問答》中也出現過。最後一題「媽媽，是小野寺洗衣公司喔」也是替他準備的，他以前在山形縣生活過一段時間。說不定整場比賽當中，也有不少題目和本庄絆息息相關，只是我不知道罷了。

本庄絆應該有注意到出題傾向吧，我不曉得他是何時察覺的。也許是在最後一題才察覺到，也有可能在決賽前半段就發現了。不管怎麼說，他看透坂田泰彥的思維，坂田不可能在毫無把握的情況下，拍攝現場直播的益智問答節目。他知道整場比賽的題目都跟選手息息相關，所以在比賽過程中才敢多次賭一把。

當然，這依舊無法解釋他是如何在沒聽題目的情況下答對最後一題。雖然問題懸而未決，但我覺得自己越來越接近眞相了。

本庄絆在其他節目中，曾經只聽到「一報」兩個字，就答出「《結果好一切都好》」。他眞正解開的不是題目本身，而是製作單位出題的脈絡和情境。他很擅長這種搶答方式，搞不好他早就確信，最後一題會出「媽媽，是小野寺洗衣公司喔」。

我大略看了一下《Q萬象問答》的題庫。假設本庄絆事先看出《Q1益智問答大賽》的出題傾向，他以前一定有碰過這題，或是設計過相關的問題。我從沒聽過本庄絆接下製作題庫的工作，所以「媽媽，是小野寺洗衣公司喔」那題，有可能就在這整份題庫當中。

廣告時段後，畫面又切回《Q1益智問答大賽》。攝影機拍出我閉目沉思的模樣，那時候我不斷告訴自己，絕對要拿下這場比賽。我答對「魯鐸象徵」，已經確信一千萬元到手了。我甚至感受到，無數的益智問答飄蕩在四周，實際上也的確如此。坂田泰彥出的題目，都跟我們的人生息息相關。

沒想到廣告一過，情勢瞬息萬變。

「下一題——」播報員開始朗誦題目。

「**據說佛教的極樂淨土中，有一種聲如天——**」

本庄絆搶答，他說答案是「**迦陵頻伽**」，也答對了。

比數追成六比六平手。

最後一題，播報員才剛說「下一題——」

攝影機有一瞬間拍攝到朗誦題目的播報員。播報員深呼吸一口氣，閉起嘴巴正要說出下一個字，搶答燈號就亮了。

「答案是『媽媽，是小野寺洗衣公司喔』。」本庄絆說出答案，答對了。

才一轉眼的工夫，本庄絆就拿下冠軍。

我反覆重播這個橋段，比賽結果我也是親眼所見，所以跟其他地方比起來，這個橋段我記得特別清楚。我愣愣地站在舞台邊，完全搞不清楚狀況。

重播到第七次，我看出了一點端倪。

播報員要唸出最後一題時，有先吸一口氣，然後閉上嘴巴準備說出下一個字。日文發音只有MA行、BA行、PA行在發音之前會先閉上嘴巴。本庄絆沒有聽題目就直接搶答，其實他察覺了第一個字的蛛絲馬跡。

這下總算有頭緒了，我先調查《Q萬象問答》第三集的題庫。第三集我也看過了，前幾集本庄絆都還只是一個空有一身知識，卻不懂益智問答的大外行。從第四集開始他的益智問答實力大進，所以第三集很可能是他蛻變成高手的契機。

有了。

我沒花多少時間就找到了。

「題目：以『Beautiful Beautiful Beautiful Life』的歌詞廣為人知，並以獨特的廣告和天氣預報節目聞名，在山形縣等四大縣市都有據點的連鎖洗衣店，請問名字是什麼？答案：『媽媽，是小野寺洗衣公司喔』。」

那題答對的人也是本庄絆，只不過那段被剪掉，正式播出的時候沒有。第三集《Q萬象問題》的題目，跟《Q1益智問答大賽》的決賽題目一模一樣。

我琢磨著，該不該把這個發現告訴富塚先生。

富塚先生一定會說這是節目造假的鐵證。的確，要說節目造假的話，這是一個很有說服力的證據。再加上「野島斷層」那題，會有更多人懷疑《Q萬象問題》和《Q1益智問答大賽》的關聯性。

我打算直接去問本庄絆。他到底是懷著多大的自信，在沒聽題目的情況下搶答？還有他是在什麼時候發現最後一題肯定是以前出過的題目？

知道眞相的大概也只有本庄絆吧。我也收集到足夠的證據，可以向他打聽眞相了。我又傳了一次私人訊息，用那些證據來佐證我的推論，這次他應該會回信吧。

我內心多少有些期待。

我打開本庄絆的推特帳號。

他在幾小時前總算發文了，這是他一個多月來首次發文。

大意是他開設了YouTube頻道「益智問答王」，另外還開設會員制的線上粉絲俱樂部「小絆眞心話」。

原來他並沒有躲起來，而是在準備新的收入來源。

再次打擾實在抱歉，我是三島玲央。

恭喜您開設YouTube頻道「益智問答王」和會員制的線上粉絲俱樂部。也敬祝您未來更加活躍。

這次跟您聯絡，也是想打聽《Q1益智問答大賽》決賽時的疑問。最近我一直在思考，您是如何答對「媽媽，是小野寺洗衣公司喔」那一題。我看了您以前參演的節目，也向您弟弟打聽過一點消息，《Q1益智問答大賽》的決賽片段我也重看了好幾次。以下是我個人的假設和推論。

《Q1益智問答大賽》的題目，都跟我們的人生息息相關。決賽的十六道題目中，至少有七題是我以前設計的題目，也有我在其他比賽上回答過的題目。我想應該也有專門為您準備的題目吧，我隨手調查了一下，好比第三題的「威廉・羅倫斯・布拉格」、第七題的「《科學》期刊」、第十題的「野島斷層」，第十六題的「媽媽，是小野寺洗衣公司喔」，都是跟您有關的題目。

接下來是我的猜測，擔任製作總監的坂田先生，在籌畫這部直播節目的時候，肯定思考過如何拍出有趣的節目。現場直播和事先錄製的節目不一樣，若選手棄答或答錯問題的情況太多，沒辦法事後剪接。現場直播是不能重來的，要在這種情況下讓觀眾見識到選手神乎其技的本領，他必須準備選手一定有辦法回答的題目。

本庄先生，您是在比賽過程中發現了這個規律對吧？比賽來到最後一刻，您料到最後一題肯定是自己知道的題目。所以播報員還沒開始唸題目，您就鎖定了幾個可能的答案對吧。

我想請教的只有兩件事。

第一，您是如何在無限的選項中，鎖定出「媽媽，是小野寺洗衣公司喔」這個答案？

第二，有很多玩家無法接受您沒聽題目就搶答。尤其那些也有參加《Q1益智問答大賽》的選手更是如此，他們甚至批評節目造假。我自己經過一番調查，查出了比賽並非造假的可能性，但其他選手的誤會並未解開。您可否親自向大眾說明，您是如何在沒聽題目的情況下知道正確答案？

百忙之中叨擾實在抱歉，還望您抽空回覆，在此先謝過了。

傳出訊息後我躺到床上，我是眞的累壞了。這幾個小時，我好像又從頭體驗了一遍自己的人生。

我想起國中時加入益智問答研究社的往事。我家離學校有一段距離，而運動社團都有晨間練習，我不方便參加。因此，我決定找文靜的社團活動，文藝社團和益智問答研究社我都有先去看過。放學後我去益智問答研究社的社辦，社團替國中一年級和高中一年級的新生辦了一場益智問答比賽。高一新生當中有一位益智問答老手，大部分的題目都是那個人答對的。到了最後一題，出題者才唸出「薩拉札・史萊哲林、羅威娜——」，那個高一新生就按鈴搶答。他說答案是「《哈利波特》」，可惜答錯了。高橋學長注意到我打算按鈴，就問我是不是也想搶答，我老實承認。

「說說看，你本來想答什麼？」

「霍格華茲魔法學校。」我一說完答案，就聽到答對的鈴聲響起。

「你是怎麼推論出來的？」高橋學長繼續問我。

「史萊哲林後面應該是羅威娜・雷文克勞。」

「你聽到史萊哲林、雷文克勞，就知道答案是霍格華茲了？」

「對，他們是創辦霍格華茲的成員。」我點頭回答。

「眞厲害，你有天分喔。」高橋學長稱讚我。

答對的鈴聲一直在我耳邊回響不絕，即使回家就寢，那個聲音也沒停過。原來在益智問答的領域，我可以贏過大我好幾歲的人。於是，我決定加入益智問答研究社。

我利用入學前的春假閱讀《哈利波特》，剛好益智問答考了相關問題，我才僥倖答對。這個偶然也是我投身益智問答的契機，而我之所以樂此不疲，主要是益智問答讓我享受到自我肯定感。我想起了自己迷上益智問答的初衷。

我睡了一會，被訊息的通知聲吵醒。本庄絆回信了，他說想見我一面。那時已經晚上七點多，我望向公寓窗外的街景，天色都暗下來了。我立刻回信答應他的要求，他問我今晚有沒有空？

我去洗手間洗把臉，表明願意赴約。

本庄絆傳了某間餐廳的地址過來。今天早上他公布自己開了 YouTube 頻道，那家餐廳就在他的工作室附近。

餐廳在代代木公園的附近，我搭乘井之頭線的電車前往下北澤站，再轉搭小田急線。

那是一家很高雅的義大利餐廳，本庄絆在店內的包廂等我。他問我要不要喝點什麼，我看菜單上有黑烏龍茶，就點了黑烏龍茶來喝。我現在想多攝取一些OTPP。

「三島先生，你的推論只有一點說錯了。」

本庄絆講完手機後，抬起頭對我說了這麼一句話。

「有一點我說錯了？」

「是的，你的假設是——製作單位準備了我們一定能回答的題目，而我在比賽中發現了這個規律。事實上，我在節目開拍之前就猜到了。」

「意思是，你在《Q1益智問答大賽》開始之前，就知道會有這種出題傾向？」

「對，所以我研究了每一位參賽者，包括你們擅長的問題、搶答的習慣，還有你們最近比賽時碰到了哪些題目。既然製作單位替每位選手安排同等的送分題，那就必須答對其他選手擅長的題目才能獲勝。」

本庄絆面無表情地說出上面這段話。

「你也有調查我？」

「當然，我也調查過三島先生。」本庄絆接著說下去：

「比方說，《安娜．卡列尼娜》和『魯鐸象徵』都是我預習過的題目。我搶答的速度也不算慢，可惜還是搶不過你，你的速度太快了。由於比賽一開始我就陷入劣勢，後半段只好冒險用更快的速度搶答。」

「原來是這樣啊。」

「那一題『Undertale』，照理說也是爲我準備的題目，我以前在別的節目上答對過那題。不過，題目的敘述方式更動了，我以爲是其他的答案，就沒有搶答。」

「我也答錯自己以前出過的題目，就是『徽宗』那題。」

「總之，雙方選手都有碰到這種狀況，比賽才會一直拉鋸到最後六比六吧。」

「那你怎麼知道最後一題的答案是『媽媽，是小野寺洗衣公司喔』？」

我喝了一口服務生送來的黑烏龍茶，直接切入正題。本庄絆喝的是白葡萄酒。

「三島先生，我國中三年級以前都在山形縣生活，這你知道吧？」

「知道，你弟弟裕翔告訴過我。」我老實回答。

「我國一的時候，有半年的時間沒去上學。」

「這我也看過採訪。」

「你看過，那就好辦了。當時我被欺負得很慘，現在回想起來還是很痛苦。」

「我感同身受。」

「有一部小說叫《熊的所在》，你聽過嗎？」本庄絆問我，我反問他是不是舞城王太郎的作品？本庄絆在《Q萬象問答》第二集的第一輪比賽中，有答對舞城王太郎的《阿修羅少女》。那集他只答對那一題。

「是的，就是舞城王太郎的作品。」本庄絆點點頭，又說了下面這段話：

「那部小說中，主角的父親在美國猶他州的原始森林，被一頭巨熊襲擊。他丟下同行的澳洲人獨自逃跑，拖著半條命逃回路邊的吉普車。他先用無線電請求救難隊支援，鎖死吉普車的車門和窗戶，腦袋靠在方向盤上，心中浮現了一個念頭——如果就這樣躲下去，以後再也不敢進入山區了。」

「對。」我同意本庄絆的解說，那本書我很久以前也讀過。

「於是主角的父親拿出置物箱裡的槍械，還帶了後座的鏟子，準備回去和那頭熊搏鬥。他再次遇上那頭熊，把彈匣裡的子彈都打光了，最後還拿鏟子插在熊的腦袋上。幸虧他打敗了那頭熊，才敢再一次踏入山林之中。」

「原來如此。」我想起了那本書的情節，詳細內容我記不清楚，但故事的大意確實是那樣沒錯。

「其實《熊的所在》象徵的是恐懼的源頭。一般人就算僥倖逃離熊的所在，恐懼也會盤踞在心中揮之不去。」

「每個人心中，都有一個熊的所在吧？」

「沒錯，對我來說山形就是那樣的地方。要消除那種盤根錯節的恐懼，唯有回去熊的所在，親手擊敗那一頭熊。」

「這就是你回去山形參加同學會的原因？」我不小心說出這件事，這是本庄絆的弟弟告訴我的，或許我不該說出人家的隱私。

「這是裕翔告訴你的？」本庄絆反問我。

「對。」我老實承認。

「的確，爲了對抗自身的恐懼，我回去山形參加同學會。可是，熊的所在並沒有消失。對我來說，熊的所在不是那些霸凌者，也不是我被霸凌過的地方。」

我默默點頭，等他接著說下去。

「被霸凌以後徹底失去自信，對我來說才是眞正的恐懼。」本庄絆說道。

「徹底失去自信？」

「是的，我國中的時候拚命思考自己被霸凌的原因。結論是，可能我在無意中不小心犯了什麼錯誤。所以我失去自信，只會唯命是從，扮演別人希望我扮演的角色。我按照父親的指示，考到了會計師的資格，也進入東大理三就讀。這種生活方式，對我的演藝生涯是有幫助的，製作單位需要我扮演什麼角色，我來者不拒，一概演到好。我消除不了熊的所在，只好選擇這種生活方式。」

「是這樣啊。」

我發現本庄絆的眼中泛出淡淡的淚光。

「多虧益智問答，是益智問答救了我。」本庄絆感性坦白。

「你是說那一題『媽媽，是小野寺洗衣公司喔』？」我明白他的感受，明白自己的人生獲得肯定的感受。

「對。」本庄絆點了點頭，眼淚從臉頰滑落下巴：

「當初拍第三集《Q萬象問答》的時候，我在第二輪比賽答對了『媽媽，是小野寺洗衣公司喔』的題目。那是一家在山形縣經營的連鎖洗衣店，要不是我在山形縣生活過，也不可能答對那一題。當我聽到答對的鈴聲響起時，忍不住掉下了淚水。益智問答肯定了我的人生。益智問答讓我明白，那段不堪回首的往事，其實也是正確的。益智問答摘除了我內心最深沉的恐懼。」

「因爲這件事，你才開始認眞鑽研益智問答？」

「是的，我注意到益智問答眞正的魅力。自從答對那題連鎖洗衣店的題目後，我就開始拚命研究益智問答。」

「所以，你才有辦法回答比賽的最後一題，是嗎？」

「沒錯。之前《Q萬象問答》剪掉了『媽媽，是小野寺洗衣公司喔』那段，因爲我拍到一半哭了出來。坂田先生知道那件事，他也知道那題是我努力研究益智問答的關鍵。所以我猜測，比賽最後一題肯定是『媽媽，是小野寺洗衣公司喔』。坂田先生一定會出那道題目。我一看到播報員閉上嘴巴的唇形，就確信第一個字的發音是『B』，於是我就按下搶答鈕了。」

「原來是這麼一回事。」

本庄絆依然低著頭，而我喝光了自己的黑烏龍茶。本庄絆面前放著一杯還沒喝完的白葡萄酒，黑烏龍茶含有OTTP，白葡萄酒也含有多酚。據說含量不到紅葡萄酒的一半，但人體的吸收率反而比較好。我出過葡萄酒的相關益智問答，也算是有一些基礎知識。香檳和氣泡酒的差異何在——香檳是「Champagne」翻譯過來的，而在Champagne當地釀造的氣泡酒就稱爲香檳。

「這樣的說法，你認爲怎麼樣？」

我聽到本庄絆的話才回過神來，他抬起頭擦乾眼淚，臉上還帶著一絲笑意。我不懂他是什麼意思，傻傻地反問他是怎麼回事。

「就是最後一題的眞相啊，你聽了剛才的說法，感動了嗎？」

「滿感動的……怎麼了嗎？」我再次反問。

本庄絆臉上的笑意並未消失：

「你知道我新開了一個 YouTube 頻道吧？」

「知道，我在推特上看到了。」

「下個月，我想跟你拍一部影片，聊一下《Q1益智問答大賽》的祕辛。我打算講出剛才的故事。你覺得，這個故事有辦法感動觀眾嗎？」

「請等一下，我聽不懂你在說什麼。」

「就是字面上的意思啊。啊，當然，我會支付你通告費用的。」

「你是說，你剛才講的都是騙人的？你說益智問答救了你，只是爲了拍片才編出來的故事？」我質問本庄絆。

「也不是全都編出來的，還是有不少眞實的成分在裡面。我過去在山形被霸凌是千眞萬確的事實，『媽媽，是小野寺洗衣公司喔』那一題也的確在《Q萬象問答》中出現過。我答對了那一題，還有那題被製作單位剪掉也都是事實。」

「那你答對以後感動落淚的部分呢？也是事實？」

「那是我編出來的。」

「益智問答帶給你自我肯定感，也是編出來的？」

「要說是事實也行，說是編的也行。我答對『媽媽，是小野寺洗衣公司喔』那一題，主持人問我怎麼知道答案，我坦承以前在山形住過一段時間，結果主持人竟然調侃我，說我只答得出這種鄉土問題。我對那塊土地有複雜的情感，因此難得表現出不開心的情緒，整個攝影棚的氣氛也被我影響。錄完節目以後，坂田先生警告我，下次敢再耍脾氣就要換掉我。」

我不知道該說什麼才好，目瞪口呆地看著本庄絆喝光白葡萄酒。服務生靠了過來，送上新的白葡萄酒和黑烏龍茶。

「那你為什麼要研究益智問答？」我想知道原因，如果他是經歷了不愉快的錄影經驗，決定再也不碰益智問答，那我還能理解。偏偏他是經歷了不愉快的錄影經驗，才開始認真研究益智問答，這我就難以理解了。

「繼續扮演搞笑角色是有極限的，因此我才決定好好鑽研一下益智問答。」

本庄絆講得一副理所當然的語氣。我忍不住問他，為何這麼想當電視明星？他講的話我從都到尾都聽不明白。

「這一切都是為了今天。我需要知名度，來增加 YouTube 頻道和線上粉絲俱樂部的訂閱人數。」

「那你可以先聽題目再搶答。事實上，『媽媽，是小野寺洗衣公司喔』那題我根本不知道答案。」

「沒聽題目就搶答，一定會有人懷疑我作弊，這我也顧慮過。不過，被懷疑也無所謂。我本來就打算比完那一場後，活動重心就要放在YouTube和線上粉絲俱樂部。演藝活動要無縫接軌，就必須有個充滿神祕感的噱頭。我對電視舞台已經沒興趣了，獎金我也不需要。就算會引發爭議，我也要創造一個有衝擊性的場面，來帶動下一波商機。」

「我懂了。那萬一答案不是『媽媽，是小野寺洗衣公司喔』，你打算怎麼辦？」我算是聽懂了他的用意，但這個問題我還是不得不問。

「我很篤定最後一題會那樣出，所以才敢直接搶答。坂田先生是個壞心眼的人，我猜他一定會在那場比賽之中，安排『媽媽，是小野寺洗衣公司喔』的題目。他的用意是要給我難堪，所以我才能答對那一題。當然，答錯了也不是多大的問題，在決定成敗的關鍵一題沒聽題目就搶答，本身就很有噱頭了。」

「那你何必退還獎金？」

「退還獎金比較有好處，眼前的那點小錢我沒興趣，我追求的是更高的目標。」

「明白了。」我再一次點點頭，全身上下充斥著一股無力感。

原來《Q1益智問答大賽》的謎底，既不是特異功能也不是作弊造假。那場比賽跟我知道的益智問答也不一樣。本庄絆只是很了解益智問答節目的本質罷了，他看透當中的玄機，事先猜出製作單位會出的題目。既然每個題目都有特殊的用意在，那麼縱然比賽沒有造假，也不是我熱衷的益智問答了。

該怎麼說才好呢？這頂多是商業行爲吧。

本庄絆告訴我，影片的標題他已經想好了，就叫「Q1益智問答大賽祕辛——徹底剖析『不聽題目就搶答』的傳說」。

「三島先生，如果你也有意開設YouTube頻道，現在正是好時機。那場比賽讓你的知名度大增，你也多了不少狂熱的支持者。跟我合作的話，你的訂閱人數會更高。你來我的頻道露臉，我也會去你的頻道幫忙。」本庄絆又說了一大串。

「請讓我考慮一下，多謝你把眞相告訴我。」語畢，我起身準備離開。

我口頭上說會考慮，其實根本沒那個心思去上他的頻道。我只是不想直接拒絕，不然我會忍不住開口罵髒話。

我離開餐廳，這輩子大概也不會再跟本庄絆見面了。

我是站在益智問答的角度來看益智問答。長年來我精於此道，很接近益智問答的核心。所以我始終認爲，益智問答這種競技，要善用自己的知識和邏輯，比對手更快推導出正確答案。現在我的觀念依然沒變。

可是，從益智問答以外的角度來看，就不是這麼一回事了。一般人以爲我們用的是什麼特異功能，好比未卜先知或讀心術之類的能力。不然正常人怎麼可能只聽幾個字，就知道正確答案是什麼？益智問答玩家從未說破當中的玄機，而且連想解釋的自覺也沒有；因此，眞的有人以爲我們用的是特異功能。

本庄絆利用這種認知上的落差，替自己增加神祕感，吸引大眾的關注。在他眼中，觀眾的錯誤認知是他賺錢的一大利器。他的腦海中網羅了全世界，稍微搜尋一下就能輕易調出想要的資料，彷彿世上沒有他不知道的答案，一切都在掌握之中，完全難不倒他。他接觸了益智問答以後，用強大的記憶力把自己包裝成超人。

那我呢——我想了好久，這種錯誤認知我是絕對無法忍受的。被賦予一個虛妄的形象，我演不好那樣的角色，也沒打算扼殺自我來扮演那種角色。所以，我當不成電視明星。

我只是一個喜歡益智問答的阿宅，我答對各種問題都是爲自己，不是爲了其他人——要我爲了觀眾玩益智問答，我辦不到。

我打開本庄絆的推特帳號，那則開設YouTube頻道和線上俱樂部的貼文，才一個晚上就被兩萬多人轉推。還有成千上百的粉絲表示一定會訂閱。

我記得他的粉絲說過，我是輸不起的人，一定是拿不到獎金才在那邊鬧。一個月前本庄絆無視我的訊息，利用粉絲開拓新的財源，這我也記得一清二楚。

老實說，我對自己滿失望的。

或許，我跟本庄絆的粉絲也沒啥兩樣吧。我本來以爲，他是出於反省才在網路上沉寂一段時間。所以，我試著去了解他，看看最後一題有沒有可能是他憑實力贏的。不料，那也是我自己的一廂情願罷了。他沉寂的那段時間，純粹是在準備下一個商業行爲。他利用我，利用《Q1益智問答大賽》來替自己牟利。

我玩的是我熱衷的益智問答，是以邏輯推論出正確答案的益智問答。

至於本庄絆的益智問答，目的是爲了賺錢和討生活。

到頭來，他也的確技高一籌。

我決定徹底忘掉本庄絆和《Q1益智問答大賽》，就好像我過去爲了贏得比賽，拋棄羞恥心那樣。我要忘得一乾二淨。本庄絆選擇的道路，或許也是一種益智問答的形式吧。他已經不在我腦海裡了。

我開始準備下禮拜的公開賽。

我找題庫練習，繼續鑽研益智問答的技巧，我重拾了一個玩家該有的日常生活，未來要持續答對各種問題。有時候，我會思考出題者是誰，還有出題的傾向。每次這種念頭浮現，我就把它們趕出腦海。

我總覺得自己似乎比以前更厲害一點，也比以前更喜歡益智問答了，好像也參雜了一些討厭。這世上還有好多我不知道的謎題，除此之外不再多想。了解一件事情，其實就是了解自己還有很多不懂的事情。

出題者朗讀題目的聲音，在我腦海中響起。

「問題——」

「請用一句話解釋益智問答。」

「人生，就是一場益智問答。」我按下搶答鈴，說出了答案。

等了好久我都沒聽到答對的鈴聲，但我相信這一定是正確答案，百分之百是。

Eurasian Publishing Group
圓神出版事業機構
用心與你對話．視野無限寬廣

圓神出版社
Eurasian Press

www.booklife.com.tw
reader@mail.eurasian.com.tw

小說緣廊 029

你的謎底，我的謎題

作　　者／小川哲
譯　　者／葉廷昭
發 行 人／簡志忠
出 版 者／圓神出版社有限公司
地　　址／臺北市南京東路四段50號6樓之1
電　　話／（02）2579-6600・2579-8800・2570-3939
傳　　真／（02）2579-0338・2577-3220・2570-3636
副 社 長／陳秋月
書系主編／李宛蓁
責任編輯／胡靜佳
校　　對／胡靜佳・李宛蓁
美術編輯／林雅錚
行銷企畫／陳禹伶・鄭曉薇
印務統籌／劉鳳剛・高榮祥
監　　印／高榮祥
排　　版／莊寶鈴
經 銷 商／叩應股份有限公司
郵撥帳號／18707239
法律顧問／圓神出版事業機構法律顧問　蕭雄淋律師
印　　刷／祥峰印刷廠
2024年1月　初版

定價 330 元　　ISBN 978-986-133-908-5

播下許多種子，只要有一顆最後開出花朵就好。
就算沒有開成花，挑戰過的經驗全都會成爲養分。

——《奪取天下的少女》

國家圖書館出版品預行編目資料

你的謎底，我的謎題 / 小川哲著；葉廷昭譯. -- 初版. -- 臺北市：圓神出版社有限公司, 2024.01
176 面；14.8×20.8公分 --（小說緣廊；29）

ISBN 978-986-133-908-5（平裝）

861.57 112018651